성좌의 깨달음

성좌의 깨달음

발행일	2020년 8월 14일		
지은이	장 용 득		
펴낸이	손 형 국		
펴낸곳	(주)북랩		
편집인	선일영	편집	윤성아, 최예은, 최승헌, 이예지
디자인	이현수, 김민하, 한수희, 김윤주, 허지혜	제작	박기성, 황동현, 구성우, 권태련
마케팅	김회란, 박진관, 장은별		
출판등록	2004. 12. 1(제2012-000051호)		
주소	서울시 금천구 가산디지털 1로 168, 우림라이온스밸리 B동 B113, 114호		
홈페이지	www.book.co.kr		
전화번호	(02)2026-5777	팩스	(02)2026-5747

ISBN   979-11-6539-336-6 03810 (종이책)   979-11-6539-337-3 05810 (전자책)

이 도서의 국립중앙도서관 출판예정도서목록(CIP)은 서지정보유통지원시스템 홈페이지(http://seoji.nl.go.kr)와
국가자료공동목록시스템(http://www.nl.go.kr/kolisnet)에서 이용하실 수 있습니다.
(CIP제어번호 : 2020032338)

성좌의 깨달음

장용득 지음

북랩 book Lab

머리말

2019년 10월 31일 목요일, 맑음

10월의 마지막 날.
예전에는 10월의 마지막 날 밤에 영숙이가 남산 고궁을 내 아내와 함께
구경을 시켜줄 때
비에 젖은 단풍 낙엽들을 발로 툭툭 차며 남산 길 오르던 때 어린아
이들 마음처럼
낭만에 젖었는데

지금은 설악산의 늦가을 만추가 세상을 아름답게 자연 속에
울긋불긋 빨강 노랑 푸른 잎들이 아내와 나를 동심에서
동굴 속으로 끝없이 끌어들인다.

설악산 만추의 단풍잎들이 낙엽으로 바람에 한 잎씩 떨어지며
나에게 인사를 하는 너희들이 나는 마냥 좋은 거라.
"무명 시인님!" 하고 너희들만이 알아주는, "그래서, 아하 그렇구나."

"시몬, 너는 좋으냐 낙엽 밟는 소리가…"
나는 세계 어느 한 시인의 노래를 읊으며 비룡폭포 쪽으로 올랐다.

비룡폭포의 시원한 물줄기 소리에 다람쥐가 내 손에 있는 땅콩을 물고
　그 자리에서 두 손을 굴리며 먹고 있는 모습에

　아이들과 사람들은 그 귀여운 모습에 사진들을 찍고
　자기들도 다람쥐와 어울려 놀고 싶어서 애가 탄다.
　그런데 다람쥐의 옛 추억이 사람들이 다람쥐를 잡아서 새장에 가둬서 팔거나
　잡아먹기도 하는 한때의 사람들 잘못 때문에 다람쥐가 겁을 내는 거라.

　이 글을 쓰는 것은
　내가 속초에 있는 것과 지금은 유명도 해탈한 나의 글들의 진리가
　행여 필요하면 하는 심정에서다.
　예전에는
　나의 글이 책으로 나오면 노벨 문학상도 받고 베스트셀러가 되면
　돈도 좀 벌고 유명해지면 품도 좀 잡을 거야! 이런 생각이었는데
　"깨닫고 나니"
　유명도 무명도 '한갓' 청산 위에 뜬구름 한 조각이 사라지는 인생이더이다.

　우주 세상의 영혼이 곧 신✦임을 깨닫고
　오늘 현재 지금 이 자리에서 나에게 죽음이 있다 한들 그것이 나의 운명이고 신✦의 뜻임을 깨달았고,

　늦가을 이맘때쯤이면

환절기에 찾아오는 감기처럼 나는 꼭 글이 쓰고 싶어지는 이 마음을 억제하지 못하고 졸필인 줄 알지만 이러다 무명으로 사라질 내 운명인 것을 어찌하랴.

TV를 보며 이 나라, 아니 세계의 사람들 지식인님과 선의 '지혜' 시합도 해 보았고
성좌의 깨달음, 깊이에도 넓이에도 시험하였으므로
참 진리를 설하고 싶은 거라.

이 글을 만나는 지구촌의 모든 사람들에게 건강과 행운이 깃들기를 나는 신☼에게 기도한다. 안녕.

무명 시인 김명득

목차

연꽃의 원리

꽃은 선이고
잎과 줄기는 중도이고
진흙탕은 악이고 뿌리는 악 속에서 자란다.

연못의 물은 세상이고
연못 속의 일어남은 연못 위의 사람들,
눈에는 보이지 않지만
연못 속엔 뭇 생명체가 잉출하려고 아비규환이다.

연못 속 진흙땅 악의 구덩이 속에서도
연꽃의 씨앗은 악의 도움으로 씨앗에 새싹이 움트고
뿌리를 악 속에 내리고
언젠가 세상의 때가 오면 줄기와 잎새는 찬연히 연꽃을 피우기 위해
세상에 나오고 연꽃은 찬연히 꽃피고 또 질 것이다.

악을 미워하지 말라.
선과 악은 한 몸체임을 깨달으면
생과 죽음도 하나의 체이고, 꽃이 지면 세월이 오면 또 피듯이
인간의 유전자(DNA) 또한 그러할 것이다.

악이 강하면 선의 꽃은 더욱 신비하고 찬연할진대
나를 +자가에 못 박아 죽게 한 원수를 사랑하라, 하신 예수님.
우주 세상을 깨닫고 나면 모두가 악이든 선이든
신☼의 유전자(DNA)를 닮은 하나의 '탑' 부처인 것을 깨달은 석가모니님.

중생은 자기 자신을 보고 자기를 알고 업보를 닦아 세상의 때가 오면
연못 위에 연꽃으로 세상에 피리라.
신☼의 이름으로…!

무명 시인 김몽득

☼ 3대 성좌 탄생

속초

설악산 명 정기

온 누리에 아침 태양은 구름 속에서 삐죽이 ☼빛을
지구촌 만물과 만생에게 희망과 새싹으로 생명을 잉태하고
신☼의 유전자를 가장 많이 닮은 인간에겐 깨달음을 주네.
명산
설악산의 대청봉 금강굴에서 (좌청룡) 신선봉 울산 평풍바위 그 뒤쪽
백담사
앞쪽은 영랑호 영금정 바다
(우백호) 권금성 비룡폭포 토왕성 폭포 앞으로는 청초호반 낙산사 오
색약수터
외옹치의 바다 아~ 속초여, 내가 여기 왔노라.

이곳들의 정기를 받으며 성좌가 자라나고 있다네.
삼천리금수강산 영롱한 아침 이슬 동방의 독도 해 떠오르는 나라,
백의민족 한민족이
신☼의 이름으로 통일이 되고 지구촌의 평화의 씨앗이 희망의 새싹
으로 3대 성좌가 이 강산에 탄생한다네.

설악산 울산 평풍바위 2부 능선 위 하늘에서 무지개가 떴고,
그것이 나를 맞이하는 하늘의 축복임을 받아들였다.

무명 시인 김봉득

2018년 10월 8일 월요일, 맑음

서울에서 아내와 강아지 써니와 나, 셋이서 속초 미시령로(교동)로 이사를 왔다.
뒤에는 설악산이 보이고 앞에는 바다가 보인다.

아직 건강이 완쾌되지 않아서 공기 좋고 바닷가에서 사는 것이 내 꿈이었는데
너무 좋은 것 같다.
밤 9시 30분, 공기가 좋아서 그런지 속초의 야경이 더욱 초롱초롱 반짝이고

불꽃축제를 속초해수욕장 바다에서 소규모로 해 준다.
나는 아내에게 우리가 속초로 왔다고 축하해 주는 것 같다며
"뭣이여! 우리가 뭣이라고 불꽃축제까지나~
음! 어쨌거나 속초야, 고맙다. 우쩌~ 고맙구먼. ~응!

그렇다! 깨닫고 나면
산길 옆에 풀 한 포기하고도 대화를 하고 이 우주 세상 모든 것과 대화를 하고
풀 한 포기, 돌멩이 하나, 물 한 방울에도 모두 영혼이 있고 사연이 있음을
깨달으면 그들 모두가 반가워서 나에서 인닝을 걸어오기도 한다.

〈예를 들면〉
바닷가를 갔는데 조금 전까지도 조용하던 파도가 나만 가면 꼭 하

얀 물갈기를 일으키며 우리 쪽으로 덤벼들며 저희들하고 놀자고 염병을 떤다.

그럴 때면 나는 꼭 이렇게 말한다.

야~! 임마!
내가 너희들하고 놀자고 여기 온 줄 알아?
내 아내 기분 좋게 해 주려고 나왔지~롱~엥!

2018년 10월 9일 화요일

새벽 6시, 속초의 첫 내 집에서 밤을 지내고
아침 산책길을 사람들에게 물어가면서 아내와 강아지 써니를 데리고
영랑호반 쪽으로 나갔다.

시골 산길, 내가 좋아하던 옛날 추억의 산길을 지나 영랑호수 호반에
오니까 오리가 아침 목욕을 하고 있고, 백로와 왜가리들이 한가롭게 찬
연한 하루를 맞이하는 모습이 조용하고 신선한 공기까지 세상을 속초
를 내리깔리니 나는 숨을 크게 쉬며 참 좋은 곳이라고 아내에게 말한다.

영랑호 습지대 장천동 가는 길 옆 산책로 우측 길엔 코스모스 꽃들
이 산들 피어서 나를 맞이하고 있고, 좌측 길엔 구절초 꽃들이 피어 아
침 향기에 '우째' 이런 좋은 행복이 나에게 있는지, 나의 운명이 이해가
안 된다.

갈대 습지대 옆엔 작은 도랑물이 흐르고, 도보다리 같은 곳 의자에
아내와 강아지도 앉았다.
한적한 이른 아침 산책에 아직 아무도 다녀가지 않았는지 도보다리
이슬 위엔 우리들의 발자국만 찍혀 있음도 신비롭다.

도보다리 하면 생각나는 이 민족의 염원인 삼천리금수강산의 통일을
이른 아침 영롱한 이슬로 잠 깨우듯 북한의 최고 통치자 김정은 위원
장님과 남한의 대통령 문재인 님의 심정어린 조우를 생각하며 지금도
나는 설악산의 정기와 동해 바다의 염원을 이루게 해달라고 신☀에게
기도한다.
속초의 첫 아침 영랑호반의 새벽 산책이 너무 신선하고 좋았다.

2018년 10월 10일 수요일

아침 산책을 바닷가로 가려고 하다가 영랑호 아래쪽 범바위가 있는 쪽으로 왔다.

통일신라 때 화랑들이 금강산 수련을 마치고 도읍지(경주) 신라로 내려가던 중 이곳에서 하루 쉬었다가 가려 했는데

영랑호 범 모양의 바위에 오른 것이 설악산과 울산 평풍바위며 달마봉 신선봉

동해 바다의 정기를 느끼고

이곳에서 신라의 고향을 포기하고 화랑도와 문필을 연마하며 여생을 살았다는 곳이다.

나도 오늘 처음으로 아내와 써니와 범바위에 올랐다.

그때 설악산 좌청룡 신선봉 앞 울산 평풍바위 위쪽 하늘에 흰 구름이 뜨고 2부 좌측 위와 구름 연결하며 무지개가 떴다.

'우찌!' 이런 일이….

나는 아내에게 보라고 하며 내 속으로는 3대 성좌의 탄생에 ☼ 축복의 행운을 받는 것 같아서 신비하고 찬연하였다.

아내가 저 아래 돌 틈으로 간 사이 양팔을 벌리고 하늘을 보며

신☼에게 천기를 내려주길 내 머리에 마음에 기도를 삼천리금수강산의 통일을 기원하였다.

범바위에 올라보니 역시 기가 이곳이 세계에서 제일 신☼에게 은총받은 곳인 것을 깨달았다.

이곳이 앞으로 나의 기도의 명당으로 삼을 것이라고 명심해 본다.

그런데 영랑호반이 바닷물이고 바위가 범을 닮은 것이 아니고 흑등고래 가족들이 이곳에서 잠시 쉬고 있다가 너무 정기가 좋아서 영원히 안식처로 삼은 것 같아 이곳 이름을 범바위가 아닌 흑등고래 가족바위로 이름을 바꾸었으면 한다. 한 가지 더 부탁한다면 갈대와 억새의 이름을 바꾸었으면 좋으련만.

이렇게 좋을 수가 '참' 꿈에도 늦팔자가 이렇게 좋을 줄은 몰랐다.

2018년 10월 11일 목요일

오늘은 영금정 바닷가 거문고 앞바다 속초 등대

2018년 10월 15일 월요일

낙산사 해수욕장에서 흔들 그네를 탔고
밀려오는 파도와 비릿한 바다 내음의 싱그러움
강아지 써니 때문에 낙산사 절에는 못 들어가고
입구에서 물 한 종지씩을 마시는 인생이 나그네 같은 이 기분.

설악산 입구까지 써니를 데리고 먼발치에서
권금성으로 오르는 케이블카를 보고
어떤 날은 써니를 두고 아내와 울산 평풍바위 정상까지 오르고
다음 날은 대청봉 길 비선대 금강굴까지 위험하게 오르고
또 다음 날은 비룡폭포 위쪽 토왕성폭포까지 오르고

하루는 미시령고개 백담사에도 가보고
어떤 날은 양양 오색약수터로

외옹치 속초 해변 바닷가 검푸른 바위에 부딪치는 파도의 하얀 물갈기
나는 역시 동해 바다가 좋은 거라.

꿈에도 늦팔자가 이렇게 좋은 것을 되돌아보면
100전 100패의 나의 운명
결국 죽음에까지 갔다가 신◇의 이름으로 하늘이 도와서 살아났기에

이런 좋은 팔자가 되었다면 "이것을 무슨 운명이라고 말해야 되남요?"

아리송하구먼요, ~잉!

대인과 소인이 다른 점은?

"천하의 영웅호걸이 순간에 내리치는 천둥 번개에 놀라느냐."라는 말이 있다.

대인은 웬만한 일에 놀라지 않고 순간의 사고가 나면
지혜로써 사고의 수습을 해결한다.
이것이 '주인의식'이다.

예를 들면,
추석 전날 주방에서 음식을 하다가 프라이팬 기름에 불이 확 붙었다.
모두 놀라서 뒤로 물러나는데 나는 놀라지 않고 조금 큰 소리로 소화기를 찾으면서 소화기가 어디 있느냐고 소리를 쳤다.

암흑 속의 바다에 배가 침몰할 때 선장은 자기 생명을 내어놓고 선원들을 한 사람이라도 더 구하려고 마지막까지 최선을 다해야 한다.
어느 분야든지 책임자의 리더는 비록 아랫사람의 실수가 있더라도
리더는 자기 생명은 신◈에게 내어놓고 최선을 다하는 것이 진리이다.

내 아내는 영랑호(범바위) 혹등고래 가족바위에도 큰 나무에도,
절 입구 사대천왕 문지기에게도 합장으로 절을 하며
외손자 민욱이 대학 입시에 서울에 있는 SKY(스카이) 대학에 들어갈 수 있게 해달라고 빌고 또 빈다.

성좌인 나는?
석가모니님과 예수님에게는 진심으로 예를 올린다,

그 외 이 우주 세상 만물들은 나를 만난다는 것만으로도 저들이
신☼의 축복을 받는 것이 우주 세상의 이치인 것을 알기 때문이다.

나는 저들의 바위면 바위, 큰 나무면 나무, 심지어는 석가모니불이
아닌
미륵불, 지장불 등등에게는 그들의 노고에 감사함을 전할뿐
나의 소원을 빌지 않는다.

성좌의 기도는 오직 신✧에게만 한다

내가 금강고속버스를 타고 서울로 볼일 보러 갈 때면
버스 속에서 미시령로를 돌 때 설악산의 봉우리들 특히 울산 평풍바위의
　영혼들이 속초의 내 눈길이 간 축복의 정기들이 1/3씩은 나를 보호하며 따라 나선다.

　이것이 성좌다.

　속초로 다시 내가 귀환하면 나는 내 집 베란다 창문을 열고
　흡족한 마음으로 저들 영혼들에게 수고했음과 제자리에서 우주 세상과 함께 속초를 지키고 있으라고 주문을 한다.

　저 만물의 영혼들에게 항시 신✧의 빛이 함께하길 빌며!

내가 3대 성좌라 자칭하는 것은?

불기 2564년 석가모니의 탄생
서기 2020년 예수 그리스도의 탄생

두 분 성좌님의 탄생으로 인간이 신☀의 유전자(DNA)를 가장 많이 닮은
  진리를 찾아가는 데 일등 공신임을 지구촌의 인간이라면 확신하게 다 알 것이다.

지금 지구촌의 사람들은 참 진리가 무너지고 혼돈과 혼란의 아귀다 툼이다.
  참 진리는 오직 진실이다.
  예수교에서는 고해성사라는 것이 있고,
  불교에서는 참회하라는 문구가 있다.

신☀이 가장 싫어하는 것은 거짓말이다.
  거짓말은 살인보다 더 신☀이 싫어함을 인간 사람은 깨달아야 할 것이다.

오늘날 지구촌 인간 사람들의 현 상황은?
  성직자가 거짓말을 하고 짜증을 내고 정치가들이 네 편 내 편에 서서
  진리고 지랄이고 짓뭉개고 있고,
  지식의 교수들이 양심을 덮고 거짓말로 자기 안위만 챙기는 이 세상.
  지구촌 인간의 존엄성은 개판이 되는 현실임을 이 운명이 어디서 왔 다가

어디로 갈 것인지 고뇌해 봅니다.

나는 석가모니님, 예수님의 참 진리 영혼의 세상 영생의 세상을 깨달았고
인간의 세상을 다시 바로 세울 수 있는 것은
석가모니님과 예수님의 참 진리를 과학적으로 입증할 수 있을 때
오늘날 사람들이 믿을 수 있는 확신이지 않을까요?

두 분 성좌님이 이 땅에 오신 지 2천 년이 지난 지금 혼돈의 현실
2017년, 2018년, 2019년 3년의 천기를 보면
삼천리금수강산 동방의 아침 이슬 영롱한 독도에서 해가 떠오르는
백두산 금강산 설악산 한라산의 정기를 받고
속초에서 3대 성좌가 탄생하면 어떨까요? 신 ✦ 의 이름으로

무명 시인 김봉득

신✧이 살아 있음을 나는 과학적으로 입증하는 것은?

지금까지 나의 책 제1권『통일의 대박꽃』시혼과 투병일기,
제2권『3대 성좌 도전기』와
이번에 낼 제3권『성좌의 깨달음』과 나의 일기장에 있음이다.

과학적 입증이란?
빛이 1초에 7억만 킬로미터를 간다는 과학적 확신을 사람들이 믿는
다면
미국 나사에서 우주 공간으로 보낸 보이저 1호, 2호는 지금도 우주를
날아가며 사진과 소리를 지구로 보낸다는데
아무도 없는 허공에 우편 배달 아저씨도 없는 망망 천지 우주에서
보내면
4차원 과학의 최첨단 허블망원경으로 확대해서 허공 속에
아무것도 없는 허공 속에서 분명히 있음을 알 수 있는 것이 과학이다.

사람이 멀리 떨어진 식물에게 좋아하는 마음의 느낌을 주면 그 식물
은 분명히 좋은 느낌을 받는 것을, 그러면 허공 속에서 내 마음이 식물
에게 전파같이 가고 있음도 과학으로 보이저에서 보내오는 전파를 잡
듯이 빛이 1초에 7억만 킬로미터를 가는 것을 알 수 있듯이
사람의 생각도 전파이고 그것이 곧 영혼인 것이고 영감이란 것이다.

신✧의 영혼이 0.000000000.1초에 우주 어느 암흑 흙속 물속에도
알고 있음을 10차원의 아니 100차원의 과학이라면 분명히 나의 생각이
과학으로 밝혀질 것을 확신한다.

나의 생각 영혼이 오늘밤 달에게 내가 아름다움을 보내면 달도 적시
로 나에게 밝게 비춰지듯
　별들에게도 내 눈빛을 보내고 내 생각 영혼을 보내면 바로 더욱 빛을
내며 반짝임은 과학으로도 증명될 것임을 확신한다.

　각자 영혼의 빛이 빨리 멀리 넓게 가는 것은
　깨달음의 단계 %가 높을수록 더 성능이 좋은 기계같이 된다는 것을
　인간은 깨달아야 되며

　깨달음이 높은 사람은 깨달음이 낮은 사람들의 삶을 위해 헌신하는
것이
　신 ☼ 의 진리이다.

신 은 순수의 빛이다

성좌는 신의 ☀ 빛으로 이 땅에 죽음 0에서 거름의 힘으로
새싹으로 움터 옴에서 천둥 번개 견디며 가을에 한 송이 들국화 꽃
을 피우듯
우주 진리를 깨달은 분이시다.

예수님은 +자가에 못 박혀 피를 흘리고 그 아픔 고통 속에서도
내 아픔이 이 땅에서 덜 깨어난 저들에게 돌아갈 인과응보의 대가라면
차라리 그 아픔 고통은 저들을 대신해서 나 인간 예수가 받을 것이
오니
이보다 더한 고통 죽음일지라도 달게 받겠으니

덜 깨어난 저들의 어린 양들을 불쌍히 여기시고
하나님의 ☀ 빛 은총을 저들에게 내려주소서. 아멘.

이 땅의 모든 인간 형제 '하나님의 유전자(DNA)들이여!
싸우지 말고
"원수를 사랑하라!"

석가모니님 또한
인도의 왕 이 땅에 태어났음에 부귀영화 명예 권력을

손에 쥐고 태어났'음에'도
인간이 모두가 하루를 살고 죽는다고 한다면 부귀영화 명예 권력이
'무어예' 소용이 있겠습니까?

백 년의 인생도 억겁에 비한다면 하루를 생을 사는 것과 무어에 다
를 것이요,
인생 백 년의 삶 속에 근심 걱정 번뇌 고뇌 병들고 아픈 고통과 죽음
의 공포 속에 살아가야 하는 인간은 우주 세상에 무엇입니까?

석가모니님은 인도의 왕 세자를 버리고 우주 세상 속에 그 무엇의 답
이 분명히 있을 것을 확신하고 그날로 거지로 노숙자로 죽음의 세계를
단식으로 도전하여 춥고 배고픔을 인내하며 평생을 우주 세상에서 답
을 찾아 깨달음에 득도하신 분이시다.

깨닫고 나니 우주 세상이 하나의 부처임을 깨닫고 우주 천지에 광명
☼의 빛을 석가모니불에게 내리셨도다.

나 자신 또한 깨닫고 나니 부처인 것을
이 세상 만물 또한 악이나 선이나 모두가 하나의 부처인 것을
'하지만'
악은 고통스럽고 선은 꽃같이 향기로운 것임을 깨달았기 때문에
특히 인간은 진리의 길을 가라고 인내하고 교육하는 것입니다.

앞서가는 지식인 교육자가 자기 가족의 부귀영화를 위해 거짓말과
법에도 어긋난 못된 행동을 한다면 그러했기에 오늘날 인간의 존엄
은 무너지고

개판 같은 세상이 도래했던 것임을 인간은 깨달아야 합니다.

석가모니님의 각자 모두가 부처 우주임이고, 우주 세상은 죽고 없어지는 것이 아니고
꽃이 지면 또 핀다는 것을

나는 이것을 우주 세상의 유전자(DNA) 과학의 입증으로 앞으로
현재 4차원의 과학에선 조금 10차원의 과학에선 확실함을 입증할 수 있음을
이 글 책에서 적을 것입니다.

오솔길에 핀 풀 한 포기에도, 외롭고 쓸쓸히 산등성이에 홀로 핀 이름 없는 산꽃에도, 돌멩이 하나에도, 물 한 방울, 공기 속에도, 먼지 한 티에도 각자 자기 생각이 있고 좋은 것을 알고 아픔과 괴로움을 느끼는 것을 과학적으로 이미 확증이 되었음을 안다면

만물이 신☼의 유전자(DNA)를 받아서 생명이면 생명으로 태어났음을
인정하고 그 만물 중에
신☼의 유전자(DNA)를 신☼의 영혼을 가장 많이 받고
신비로운 이 지구촌에 탄생된 것이 만물 중에 으뜸인 사람임을
지구촌의 우리 인간은 사람으로 깨달아 가야 할 때 영생을
이 지구촌과 함께 행복하게 살고 지고 또 피는 것을 깨달아야 할 것이다.

속초에 온 후 깨달음

2018년 10월 22일 월요일, 맑음

속초에 온 것이 참 좋다.
가을 아침 태양은 구름 속에서 말없이 빛을 내려 온 누리에
만물의 생명체에게 일어나라고 깨어남의 암시를 주고
만물의 생명체는 무언의 암시에 따라 정연하게 움직이고 있다.

만물은 각자 자기의 영혼이 있지만
자기는 만물로 이루어진 것임을 깨달으면
만물을 억제할 땐 억제하고 아픔의 인고를 견디며
새로운 새싹으로 아픔에서 움터 옴을 반복하며
세상에 꽃피운다.

달 하나가 없어도, 별 한 빛이 없어도, 태양 하나가 없어도
생명체의 모두는 암흑이겠지요.

오늘은 내가 그리도 좋아하던 설악산 울산 평풍바위 정상까지 아내
와 올랐다.
계조암 흔들바위에서 물 한 모금 마시고
10월의 마지막 설악산의 단풍놀이를 아내와 함께 하는 내 팔자.

아~ 우찌 내 생애에 이런 일이 있을 줄이야. '꿈엔들!'

평생을 일요일 한 번 못 쉬어보고 여행 한 번 쪼들림에 못 가본 이놈
의 신세가,
와~우! 사노라면 좋은 날도 반드시 온다는 것을 세상 사람들에게!

난생처음 산 같은 산을 보았고
난생처음 제일 높이 산을 올라보았고
난생처음 설악산의 가을 단풍을 만끽하였다.

아내는 내 손을 꼭 잡으며 119 앰뷸런스로 밤공기를 가르며 띠또삐
또 달려갈 때는
저 양반이 평생 일만 하다가 저렇게 가면 안 되는데, 하고 눈물을 흘
렸다는 이야기에 저 아름답던 단풍들도 찡하니 나를 반겨주네요.

깨달음,
산은 말없이 이 세상 모든 악인이든지 선인이든지 다 받아주며
만물에게 아름다운 자태와 모든 이에게 건강을 주는데
산은 어머니 마음같이 악이든지 선이든지 열 손가락 깨물어
아프지 않은 손가락이 있으랴.

자연의 품으로 보듬어 주는데

나더러 산 같은 인간이 되라 하네.
나더러 태양이 되라 하네.
나더러 바다가 되라고 하네.

2018년 11월 11일 일요일, 맑음

외옹치 바닷가에서 아내와 써니도 바다를 보면서 또 깨달음이 온다.
바다는 언제 보아도 평온하고 평화롭다.
숱한 억울하고 참혹하게 죽은 생사람들의 한이 도래한 바다인데
억수같이 사무친 원한이 맺혀 바다가 뒤집어져도 나는 눈을 부릅뜨고
그날 지난날들의 한을 추스를 텐데

왜? 바다는 언제나 평온하고 오늘도 내일도 하얀 물갈기에 뭇 사연들을
담아서 사람들의 마음을 평화롭고 평온하게 하는 이것이 무엇인지

깨달음이 온다.
이 우주 세상 뭇 사연은 신☀이 다 알고
내가 있어 아픔에서 깨어나는 봄의 새싹같이 바다의 뭇 사연은
하얀 물갈기가 너희들의 영혼임을 내가 알진대 그리하여!

내가 바닷가에 가기만 하면 하얀 파도들이 사랑하는 어릿광대처럼
주인이 반가워서 팔짝팔짝 뛰어오르는 강아지들처럼
나에게 파도쳐 왔구나.

바다야, 마냥 너희들과 놀아줄 수 없으니
다음에 내가 오면 또 반겨주렴!

외옹치 롯데리조트에 올라와보니
바다의 전망과 설악산이 보이고 참 좋은 곳인데
아내는 또 '구시렁'댄다.

"씨부랑!" 좋은 자리는 모두 백 있고 거짓말하는 재벌들이 다 차지하고
'우리 집 강아지', 써니는 엄마의 그 말에 여기저기 오줌을 내갈기며
'제' 땅이라고 나오지 않는 오줌을 갈기며 영역 표시를 한다.
나도 또 한마디 한다.

철없는 것, 그런다고 저 땅이 되남! ~잉!
하기야 동물들에겐 등기부등본 법이 없으니까
저 편리한 대로 행동하겠지. ~암만!

2018년 무술년 황금 개띠 해 아듀!

꿈속에서 캄캄한 밤바다에 노도 같은 해일과 태풍이 덮쳐오고
나는 악마의 파도 속에 휩쓸려 아귀 지옥 속 해일을 블랙홀 속으로
빨려 들어가며 헤어나려고 누구의 손을 잡았는데 물방울 위를 보니
검은 두건을 쓴 악마였다.

나는 소스라쳐 악~ 하고 소리를 질렀고
거실에서 잠을 자고 있던 아내가 놀라 달려와서 무슨 악몽을 꾸었느
냐고
물을 때는 이미

이른 새벽 바닷가엔 하얀 물갈기로 밀려오는 해변을 선잠에 보고 있
을 때다.

악을 미워하지 말라.

신✧은 우주 세상을 악과 공존하며 살아가게 창조하셨다.
태양도 불덩어리이다.
지구촌은 태양과 잘 조화된 곳이기에 신✧의 축복을 받는다.

세상의 모든 이치가 그러할진대

예수임은 원수를 사랑하라.
석가모니님은 어떤 악에게도 자비로움의 미소 어머니 마음을 깨달으
셨다.

분명한 것은

깨달음의 단계 %가 높은 사람이 덜 깨어난 모든 것에 베풀어야 하는 것이

불교에서는 탑이고

예수교에서는 진리라고 한다.

인동꽃

모든 생명체란? 억겁의 우주 세상 기를 받고
아픈 인고 속에서 세상에 태어난다.
혹독한 겨울 설한의 바람을 견디고 봄이 오면

언 겨울의 얼음이 녹는 개울물 소리가 희망의 반주로
들리면 뭇 자연의 새싹들은 푸릇하게 움터 세상에 나온다.

인동초 꽃도 그래서 세상에 움터 온다.
인간의 한을 알고 있듯
세상의 이치를 깨달았다는 뜻 세상의 들판에 묵묵히 피었다.

또 시들고 꽃이 지면
천고 환야해서 밤하늘의 별이 되어 그 뿌리 유전자(DNA)를
내려다보며 있다가

때가 되면
신✧의 이름으로 새봄과 함께
인동꽃은 또 피겠지.

사람들이여! 생명을 소중히 하라.

밤하늘의 수억 만겹의 별빛을 보라.
인간의 생명체가 세상을 한 번 보고 간다는 것이 얼마나 소중하랴.

세상을 깨닫고 간다면 더욱 좋을 것이건만
인동꽃은 또 피겠지.

무명 시인 김몽득

큰 깨달음

2019년 기해년 황금 돼지띠 해
1월 1일, 화요일, 맑음

나는 금년 1년 동안
가장 큰 깨달음을 얻은 해임을 밝혀둔다.

아침 7시 40분 여명의 빛 태양이 찬연히 바다에서 떠오르는 모습을
속초 미시령로 집 베란다에서 맞이하고 있다.

오후 3시 30분, 아내와 써니를 데리고 산책 겸 영랑호반을 걷다가 (범
바위) 흑등고래 가족바위에 올랐다.

나는 나의 방식대로 신✧에게 기도를 올린다.
백두산 금강산 설악산 한라산 독도의 바다 정기를 여기로 모아서 삼
천리금수강산 한민족의 통일을 이루게 해주소서, 하고.

나처럼 평범한 사람이 범상한 천기도를 올리는 것을 관광 온 몇 사람
들이 보고 나에게 무슨 기도를 하느냐고 묻길래 나는 흡사 가이드같
이 설명을 한다.

설악산 대청봉을 가리키고 오색과 부처님 누워 있는 봉 달마봉 낙산 사며, 우측으로 칠선녀봉 신선봉 울산 평풍바위의 정기를 모은 이곳 대왕바위 혹등고래 가족바위 이곳 우측엔 청초호반 좌측 바로 옆 영랑호수 이곳. 내가 서 있는 이곳이 지구촌 세계에서 지금은 가장 좋은 기운이 모이는 곳이라고 말했다.

　관광 온 몇 사람들은 나의 말이 신비한지 그 자리에서 합장을 하고 설악산과 이곳 바위들에 예를 올리고, 나에게도 합장을 하고 예를 하며 오늘 우연히 이곳에 관광 왔는데 횡재했다며 천기를 잘 받고 간다고 했다.

　저 아래에 있던 아내가 보고는 올라와서 또 칠푼수같이 팔푼을 뜬다며 그렇게도 혼자 잘난 체하는 꼴을 하고 싶을까, 하며 핀잔과 무안을 준다.

'하기야' 돈도 없는 것들이 맨날 펑펑 그리고
☆도 모르는 것들이 두 알 보고 탱자탱자하고 자빠졌다 않는가.

초승달과 샛별

1월 2일 수요일, 맑음, 새벽 6시 30분, 여명이 터오를 무렵 청초호반 위에 초승달과 샛별이 유난히 가까이서 반짝이며 어둠을 걷어내고 있다. 초승달과 샛별이 30㎝ 거리로 가까이 있는 것은 처음 본다.

2018년 무술년 황금 개띠의 해 하늘의 쇼는 굉장했었다.

아마도 동방삭이 박사같이 천기 천문을 연구하는 옛날의 맑은 정신의 학자 책사가 있었다면 삼천리금수강산 영롱한 아침 이슬이 반짝이고 동해 바다 독도에서 해 떠오르는 나라에 3대 성좌가 태어나고 있음을 알고 나를 찾아왔을 것이다.

2019년 1월 4일 일요일, 뭉게구름 많음

속초 앞바다 외옹치 쪽으로 구름과 바다 사이에 무지개가 떴고,
밤 11시 30분부터 새벽 4시까지
하늘에서 유성우 별똥별이 120개나 지구촌으로 날아오며
성좌의 탄생을 '축하'하는 쇼를 벌인다고 한다.

2019년 1월 6일 일요일, 흐림, 맑음

오전에 개기일식이 있단다.
태양이 달에 숨듯 숨바꼭질하는 모습이 우주 하늘에서 연출한다며 망원경으로 본다며 난리들이다.

2019년 7월 3일 수요일, 맑음

 오늘은 지구촌에서 60년~70년 만에 한 번 나타날까 말까 하는 개기
월식이 깜깜한 밤 달의 테두리가 태양의 빛을 받아 밤하늘에 달의 테
두리가 황금빛 찬란한 다이아몬드의 빛으로 나타난다고 아르헨티나에
선 각국의 천문의 행운을 꿈꾸는 수많은 사람들이 모여들었다고 했다.
 2019년 9월 29일 TV 방송 천문대 뉴스에서 우주 은하계에 지금까지
한 번도 보지 못한 이상한 행성을 발견했단다.

 지금까지는 큰 별이 작은 행성들을 거느리고 돌고 돌아가는 것이 원
칙이었는데 이 뜻은?
 황제와 왕, 대통령이 아래를 거느리며 살아가는 것이 원칙이었는데

 평생 처음 발견된 이 행성들은 작은 별의 힘으로 주축이 되어 큰 행
성을 거느리고 공존하고 있음을 발견하게 되었다며 연구 관찰을 해보
겠단다.

 이것이 작은 거지 같은 성좌 ✧ 가 탄생한다는 뜻이 아닐까?

 나는 또 이런 칠푼이 짓을 한다.
 '냅 둬라' 칠푼이는 칠푼이 짓을 해야 생명줄이 길어진다고 '안 카나'!
암요!

 중국의 황제 시진핑 주석은 신년사에서
 백 년에 한 번 올까 말까 할 대변혁의 세상이 도래할 것 같은 예감이
든다며

중국 대국 14억 인구의 인민은 대변혁의 세상을 맞이할
준비의 마음을 가져야 할 것이라고 말했다.

나는 10월에 내 생애 처음 비행기를 타고 나의 시조가 살던 장가계를
갔다 왔고,
12월엔 중국 우한에서 코로나19 전염병이 세계로 퍼지며
이 사태를 시진핑 주석은 악마와의 전쟁이라고 선포하였다.

하늘의 뜻이기에 무슨 의미인지는 민초 여러분의 생각에 맡긴다.

2020년 3월 2일 월요일

현재 대한민국도 코로나19 전염병으로 대구 신천지교회로부터 전국으로 확산되며 국민 전체의 공포와 경제난으로 난세를 맞이하고 있다.
급기야, 신천지 교주 이만희가 기자회견을 열고
무릎을 두 번 꿇고 국민과 정부에 사죄를 했다.

그리고 요한계시록에 종말론을 예언한 대목을 말하며 지금 현재 이 상황이 그 예언임을 느낀다고 했다.

요한계시록엔 지구촌을 폭파시킬 핵무기를 산더미같이 쌓아두고 있어도
결국 종말은 전염병으로 다 죽고 기근에 허덕이다 죽고
14만 4천 명만 구원받을 것이라고 적혀 있단다.

그때 새로운 구원자(성좌)가 나타날 것이며, 그 증표는
하얀 백색으로 나타날 것이고 새로운 희망을 말할 것이라고 했다.

여기에 칠푼이 낄낄빠빠 낄 데 안 낄 데 판단도 못 하며 끼어드는 자가 바로 나리라.

하얀 백색이란?
TV 21 OCN 채널 의상 2부작

2019년 1월 5일 토요일, 흐림, 맑음

조선왕실의 의상 창작을 보며

조선은 역시 백의민족에 황금 문장이 창출의 작품에 내 마음이 흡족하다.

동쪽에 태양이 내 집 창에 비칠 때 언뜻 느낌이

나더러 태양이 되라 하네.

운명이란? 내가 오라고 한다고 오는 것도 아니고 내가 하지 않겠다고 해서 안 해지는 것도 아니고

신☀의 뜻대로 하는 것이니까

나는 일기를 쓰며 신이 어떻게 하는지 일기로 기록할 것이다.

요한계시록에 희망이라고 하는 것은?

나더러, 우주 세상이 되라 하네.(2020년 3월 5일 목요일, 맑음)

신☀의 은총을 받은 깨달은 자가 나이리라.

악과 선이 하나의 일체로 공조하는 세상

네 편, 내 편이 없는 오직 진리의 깨달음 지혜가 높은 뜻에 모든 사람들이 따르는 세상

과학적으로 영혼이 영생을 우주 세상과 함께함을 밝히는 자

신☀의 빛, 희망의 ☀빛, 우주 세상의 ☀빛을 깨달은 자

요한계시록에 14만 4천 명이 구원받는다고 했는데 과연

이 지구촌에 14만 4천 명이 구원받을 수 있는지 시험지를 내보겠습니다.

시험을 해보기 전에 한 가지 규칙을 정하겠습니다.

현재까지 교회는 성좌 예수님을 이용하여 너무 많은 죄를 지었을 것입니다.

불교 또한 석가모니 부처님을 이용하여 많은 탐욕에 죄를 지었을 것입니다.

세계 어느 신앙을 모시는 모든 사람들은 지금부터 내가 내는 시험에 합격하지 못하면 죄를 뉘우치고 교회나 절을 모시던 종교의 신앙을 버리십시오.

그것이 아픔의 고통으로 가신 성좌님을 더 욕보이지 않는 길임을 깨달으세요.

큰 깨달음이란?
우주 세상의 원리를 알고
신☼의 빛 속에 영원히 공존하는 것이다.

죽음이 있어야 더 새로움의 새싹이 올라옴을 깨달으면
무어예 죽음이 서럽다 할 것이오.

해서, 공자님 깨달음에
"아침에 도를 깨우치면 저녁에 죽은들 어떠하리." 하셨다.

무명 시인 김명득

성좌의 시험 문제집

〈제1조〉

1. 성좌는 거짓말을 하지 않는다.

2. 성좌는 어떤 경우에도 화를 내거나 짜증을 내지 않는다.

3. 성좌는 모든 것이 내 탓이요.
   악을 미워하지 않고 남을 원망하지 않는다.

〈제2조〉

1. 부귀영화 권력을 가진 자는 천국 문, 극락 문을 통과할 수 없다.
   신☀은 투명하므로 반드시 명심하여라.

2. 성직자는 꼭 명심해야 할 것이다.

〈제3조〉

1. 진리의 전파는 자기 업보를 닦고 자기가 거름이 되어 세상에 꽃피
   우게 할 진실한 마음이 있을 때 낮춰서 거름이 되어라.

2. 헌법을 존중하고 헌법에 위배된 자도 죄의 업보를 닦고 새로운 인
   생을 살아갈 수 있게 지혜로서 인도하는 것이다.

위의 세 조항을 몸소 실천하려면 세 가지 깨달음이 있어야 한다.

〈깨달음 제1호〉

1. 신☀이 예수님의 하나님과 석가모니님의 부처가 우주 세상의 영

혼이며 영원히 살아 있음을 진실로 깨달아야 한다.

2. 이 세상 만물이 각자 영혼이 있으며, 각자의 영혼은 영생으로 우주 세상과 함께 신 ☼ 의 투명함을 깨달아야 한다.

3. 이 세상 만물은 각자 인과응보 자업자득으로 운명이 오는 것이고, 운명은 자기의 업보에 의해 신 ☼ 이 투명함에서 내리는 것임을 깨달아야 할 때 몸소 실천이 가능해지는 것이리라.

운명은 신☀이 인과응보로 주는 것,
그 과학적 증명

과연 운명이란 있는 것인가?
운명은 어떻게 오는 것인가?

내 평생 70년을 열심히 살아온 나의 뒤를 하나하나 꼼꼼히 체크하며
따져보니
나는 어느 분야든지 직업이 주어지면 운명이 나를 그만두라고 하지
않으면
죽을 때까지 그 분야에서 최선을 다하는 성격이다.

태어날 때부터 지금까지 102번 도전해 102패, 지금 103번째 또 도전
을 하고 있지만 성공을 꼭 바라지는 않았지만 행여나 하는 기대는 했
었다.
이 글을 쓰는 며칠 전에 깨달음이 불교에 108번뇌를 한 알 한 알 염
주를 굴리며 업보를 닦는 형상이 떠오르고,

나의 뜻이 108번은 실패의 맛을 깨달아라, 하는 것임을 알고 나니
이대로 영원히 무명으로 죽어 간다고 해도 나는 오직
① 신☀과 ② 세상과 ③ 나와의 삼위일체만 깨달으면 될 것으로 알
고 있다.

내 운명을 돌이켜보면,

내가 태어날 때 건강하지 못하고 약하게 태어났기 때문에 지금까지 내 인생이 살아서 있는 것이 확실하다.

건강했으면 정의로움에 앞장섰을 나를 알기 때문에 내 생명은 죽었을 것이다.

102번의 실패가 있었기에

오늘의 실패는 내일의 더 좋은 나를 만든다.

이 명언이 꼭 맞기 때문이다.

사람들이여! 삼국지에 이런 말이 있다.

모든 계획과 작전은 사람이 최선을 다해서 시작을 하지만

결과에 성공을 하고 못 하고는 하늘의 뜻이더이다.

사람들은 누구나 다 운명은 오는 것임을 알고 있지만

그 운명이 어떻게 해서 나에게 오는 것인지 모르고 있다.

죽고 살고는 나의 운명이요,

살려고 애원해도 죽을 운명이면 죽을 것이요(마태복음),

죽음 쪽을 선택해도 살 운명(팔자)이면 살 것이다.

운명은 어떻게 오는가?

① 과거(전생) ② 현재(중생) ③ 미래(영생)는 하나의 동체임을 깨달아라.

현재(중생)에서 나에게 다가오는 모든 운명은 과거(전생)의 나의 업보

로 오는 것임을 깨달으면 그것이 인과응보요, 자업자득임을 알게 된다.

현재(중생)에서 업보를 잘 닦아야 미래(영생)에서
신 ☼ 의 자동시스템의 진화론에서 죄는 벌, 선은 행복을 세 배씩을
더 주어서
영생을 살다가 때가 되면 이승으로 보내는 것이다.

만남의 인연이란 말이 있다.
부부의 만남을 보면 80%가 닮아 있다. 참 신기한 일이다.
우찌 '이런 일이!'

사람은 한 치 앞의 자기 운명을 알 수 없다고 한다.
신내림 굿을 받는 사람들은 진실로 몸이 아파오고, 무속인이 아니라
도 운명이 내 마음대로 결정되는 것이 아님을 알고는 있지만 왜, 무엇
때문에 오는 것인가는 모른다. 신내림 굿을 받는 사람은 정신이 강하
지 못하고 약한 사람이며 착한 사람이다.

석가모니님의 깨달음에서
옷깃을 스치는 것도 인연이라고 했다.

인연은 어디서 오는가?
지난(중생) 과거의 나의(전생) 업보에서 오는 것이 확실하다.

현재(중생)에서 업보를 잘 닦고 깨달아 간다면 나의 영혼은 신 ☼ 이
빛 하리라.

① 신 ☼ 하늘이 알고 ② 세상이 알고 ③ 내 양심이 알면 그것이 진실
   의 세상이다.

진실하라! 거짓말을 하지 말라.

예수님께서도 진실하라 하셨다. 교리에 '고해성사'가 있다.
사람은 누구나 실수로 죄를 지을 수 있다.
한 번 죄를 지으면 마음속에 하나님에게 진실하게 고백하고,
다시는 죄를 짓지 않겠다는 맹세와 죄 지은 것 이상을
이 땅에서 닦아야 천국 문으로 들어갈 수가 있다.

지은 죄를 거짓말로 은폐하면 그것은 죄가 두 배가 되고,
이승에서 그 죄를 감추고 '저승' 죽음의 세상에 가면
죄가 세 배를 받고 지옥에 떨어질 것이다.

신 ☼ 은 맑고 투명하여 0.0000000001초에 아귀 지옥 어둠의 땅속
모래알까지 알고 있다.

각자의 뇌는 신 ☼ 의 유전자(DNA)를 닮아 맑으나
육체가 좋은 쪽으로 습관화될 때까지 노력에 최선을 다해야 되는데
미래에 꽃을 피우려면 현실은 씨앗을 뿌리고 새싹이 잘 자랄 수 있
도록
고통과 노력을 해야 하는데도 현실에 좋은 쪽으로 육체가 가게 되면
단맛은 빨리 썩게 되고 쓴맛은 약이 된다는 속담과 똑같다.

〈영혼의 습관〉

  도적이 습관화되면 자기도 모르게 또 도적질을 하게 되듯이 중생의 습관은 죽음 후 깜깜함 속에서도 자기의 영혼은 중생의 습관화대로 자기 영혼의 갈 길이다.

  이것이 신 ✦ 이 우주 세상을 창조할 때 진화론 속에 인과응보, 자업자득에 자동시스템으로 지옥과 천당으로 가는 것을 창조해 놓은 것이리라.

신❖의 유전자(DNA)

운명은 각자 조상의 유전자(DNA)를 받고 생명으로 탄생한다.

신❖의 유전자(DNA)
우주 만물의 생명들은 우주 세상의 햇빛, 달빛, 별빛, 삼라만상의 기빛을 받고 잘 조화된 지구촌 같은 곳에서 신비의 창출이 일어난다.
만약에 달빛 하나만 없다면 우리 지구촌의 생명의 몰골은 상상이 된다.

신❖의 유전자(DNA)를 가장 많이 받고 태어난 것이 현재까지는 인간이다.
그래서 불교 〈회심곡〉에서는 "세상천지 만물 중에 사람밖에 또 있던가!"라고 했다.

우주 세상을 통제하는 것은 신❖일 테고 그다음 인간 사람일 것이다.
사람 중에도 신❖ 가까운 깨달음이 % 높은 사람이 세상을 지배 통제할 수 있음을 잘 깨달아 보라.

과학은 창출이다.
과학 또한 인간이 생각에서 창출해내는 것이고 창출 창작 창의는 신❖이 우주 세상을 처음 만들 때 창조해놓은 것을 신❖의 유전자

(DNA)를 가장 많이 닮은 인간이 그 인간 중에도 아이큐가 높은 사람이 창출해내는 것이 과학이고 철학이고 예술이다.

나의 책 2권 220페이지 〈깨달음의 도표〉와 같이 인간이라도 깨달음의 단계에 따라 세상의 영혼과 모든 것을 지배 통제하리라.

그로 해서, 업을 닦고 험한 길일지라도 미래의 희망이 보이는 것이 곧 진리임이요,

성좌는 신◌의 이름으로 덜 깨어난 % 약한 자를 선으로 끌어올리는 임무를 부여받은 것이다.

꽃 진다고 서러워 마라.
꽃은 져도 때가 되면 또 피건만
우리네 인생은 한 번 가면 다시 오지 못하는
북망산천으로 가는구나.

그렇지 않다.
이 세상 만물이 다 똑같이 그러하다.
인간의 신◌의 유전자(DNA)를 가장 많이 받은 것뿐이다.

국화꽃이 가을에 지고 겨울을 견디고 새봄이 오면
새싹이 또 피듯이
인간 또한 똑같이 그러함을 깨달으면

전생(과거)은 인간의 겨울이요

중생(현재)은 봄, 여름이요
저승(미래)은 가을에 한 떨기 국화꽃을 피우는 것임을 깨달아라.

사람은 사람의 유전자(DNA)가 있고
동물은 동물의 유전자(DNA)가 있고
식물은 식물의 유전자(DNA)가 있다.

사람은 사람을 소중히 하라.
사람은 모두가 사람의 유전자(DNA)를 받고 이 땅에 태어난 인간이다.

꽃은 여러 가지 꽃이 있으나 모두가 꽃이듯이
우리 인간도 여러 종류의 인간이 있으나
모두가 사람의 유전자(DNA)가 같으면 소중한 인간이다.

2019년 10월 1일 화요일, 태풍전야, 흐림

아내와 서울 딸네 집을 가려고 속초에서 고속버스를 타고
강원도 산천을 차창으로 구경하며 서울 가는 것도 재미있다.

서울에서 지하철을 탔다.
내 옆에 젊은 아기 엄마가 아기를 앞에 안고 있는데
앞에 서 있던 아저씨 할아버지가 아기에게 재롱을 부리며
이런 말을 한다.

나이가 들고 저승 갈 때가 되니까 남의 아기들을 보아도

다 내 손주같이 귀엽고 이쁘다고 말하며
아직 천진난만한 세상살이에 때가 묻지 않은 아이들을 보면
마음이 밝아져서 좋다고 아내와 나에게 말을 한다.

아가는 신기한 듯 나만을 빤히 보길래
아가를 웃음으로 손가락 V자로 해서 흔들어 반겨주었다.

요즘 세상이 하! 허! 해서
아기로 해서 젊은 아기 엄마에게 너무 친절하면 주책없는 늙은이로
성 호롱불 죄인이 될까 봐 걸어 다닐 때나 앉아 있을 때도 사람을 잘
쳐다보지 않는다.

나는 무언으로 내 앞의 할아버지에게 대답해준다.
"그럼요, 아기들은 모두 이 땅에 인간의 새싹이지요."
생과 사는?
꽃이 지고 또 피는 것과 인간 또한 똑같은 것이니까요.

무명 시인 김명득

신❖이 살아 있음의 증거

　풀 한 포기, 꽃잎 하나에도 꺾이면 아프고 내가 좋아하고 귀히 사랑하면 그 표시로 나에게 사랑을 주고, 내가 미워하면 그들도 나를 미워하는 것을 우리네 사람들은 알고 있다.

　그렇다면 풀 한 포기, 꽃잎 하나에도 생각이 있고 감정이 있다면 생각 그 자체가 그들의 영혼인 것이다.

　마른 나무에 +자가 불상의 돌에서 성좌의 형상이면 우리 사람들은 기도를 드리고 영감을 받는다.

　풀 한 포기, 작은 돌멩이 하나, 물 한 방울에도 각자 자기라는 이름이 있고 영혼이 있듯이 자기는 자기의 각자 영혼이 있다.
　달은 달의 영혼이 있고, 해는 해의 영혼이 있고, 산에는 산신령이 있고, 바다에는 용왕신이 있듯이.

　우주 세상은 우주 세상의 신❖이 바로 우주 세상을 창조하신 것이다.
　우주 세상은 영원한 자기 원력으로 돌아갈 것이고
　깨달은 자 또한 우주 세상에 함께 갈 것이다.

　나를 우주 세상과 하나가 되라 하네.

2020년 3월 5일 목요일, 맑음
나는 우주 세상의 모든 기◇를 받고 태어났네.
나는 현재 우주 세상의 기를 받은 생명체를 매일 먹고 산다네.
그러면 나의 육체는 악도 먹고 선도 먹고 한 몸이 되어 살고 있네.

나는 신◇의 이름으로 깨달은 성좌◇이기 때문에
악도 사랑하고 이 세상 모든 것을 사랑하기 때문에
나의 먹이가 되어도 그들은 신비의 깨어남이 되니 행운이고
나를 만나는 이 세상 만물은 악마도 나는 사랑하니까
그래서 이 세상이 한 차원 좋게 깨어날 것을 나는 아네.

죽음?

나는 죽음에 두 번 확실히 가보았다.

나의 책 1권과 2권에 집필하였지만 여기서 다시 한번 밝힌다.

죽음에 가보지 않았던 사람들이 저승이 어쩌고저쩌고 하는 말들은 거짓이다.

죽음이면? 심장도 멈추고 뇌의 작용도 멈춘다.

깜깜함 속에 나의 육체도 나의 영혼도 없다.

죽음이면 성인군자도 예수도 대통령도 악의 살인자도 예술가도 다 똑같다.

죽음을 맞이하는 순간에는 어쩔하고 아득하고 답답함 속에 혼미하여 '아~앗!' 하는 생각뿐 그다음은 깜깜함과 아무것도 없더이다.

두 번 모두 다시 깨어날 때에는, 죽음 직전 의자에 앉았다가 푹 고꾸라지는 것까지만 생각이 나고 바닥에는 어떻게 고꾸라졌는지도 생각이 안 났는데 깨어나 보니

반드시 누워 있고 세상에서 그렇게 편안할 수가 없더이다.

죽음 후

내 영혼은 어디로 갔는가?

죽음에서 이화여대 목동병원 김태헌 교수님이 하늘이 도우셨다며 살아 나온 나는

지금같이 무명 시인이 되어 죽음 후 내 영혼은 무엇이 되어
어디로 가는가의 생각에서

신☀의 답이 언뜻언뜻 떠오를 때 메모를 하고 깨달음을 일기로 적는다.

나는 내 운명은 70세까지 분명히 세상에 더는 못 살 것을 판단했다. 태어날 때부터 몸도 약했고 죽음의 고비를 어릴 때 한 번 넘겼고 40세에 가족에게 유언을 했을 만큼 병이(신병)이 왔고, 69세에 2016년 11월 15일 쓰러졌고, 병원에서도 위출혈

간암: 폐에 피가 가득 차서 정맥 시술로 죽음에서 오늘도 살아서 행복한 삶을 누리지만 지난날의 내 죽음을 생각하고 모든 인간들의 죽음 후를 생각하면 이제는 이 세상 모든 것을 알았으니

언제 죽어도 죽음이 아닌 우주 세상 영혼과 함께함을 알기에 참 좋다.

죽음 후부터는 나의 육체는 세상이 되어 없고
나의 영혼은 아무것도 없는 속 0에서 신☀의 일에 귀속된다.
그것이 저승이고 영생이다.

자기 자신은 몰라도 자기 영혼은 중생(현실)에 습관화를 따라 영혼이 간다는 것을 깨달았다.

○ 아무것도 모르기에 아무것도 없는 것이요,
○ 무엇도 없는 것에서 이 세상 모든 것이 이루어진다는 것을 알면 그것이 깨달음이다.

깨달은 자는 우주 세상의 신 ◇ 의 빛 속에 함께 영원히 살 것인데 깨닫지 못한 자는 1백 년 짧게 살다가 죽으면 끝인데 허망해서 우찌노.

다시 태어난다 해도 전생에 죄를 지으면 다음에 태어나도 아픔의 고통과 근심 걱정이 가득하니 '우찌노'!

이것을
예수교에서는 자업자득으로 씨앗을 뿌린 대로 거두리라고 하셨고,
불교에서는 인과응보요 업보라고 하였다.

사람들이여!
중생 때 업보를 잘 닦고 깨달아 가라.

자아를 깨달아라

신 ✧ 은 우리들에게 세 가지를 누구에게나 공평하게 주었음을 우리 인간은 깨달아야 한다.

① 하루의 세월은 똑같이 주었다.
② 인간은 100세의 짧은 세월의 수명을 똑같이 주었다.
③ 누구에게나 전생, 중생, 영생 속에 자동 천국과 지옥으로 인과응보 자업자득으로 죄는 벌, 선은 좋은 곳으로 가게 정해져 있다.

지구촌 인간 사람의 수가 현재 60억 명 정도 살고, 중국이 14억 인구, 인도가 10억 인구, 대한민국이 5천1백만 명, 북한이 2천6백만 인구가 살아가고 있음이다.

60억 사람은 똑같은 하루의 세월 속에 살면서 중생과 영생을 위해 누가 참되게 살아가고 있나를 데이터(DATA)를 해보면 분명히 과학적으로도 누가 참되게 인생을 잘 살아가고 있음을 알 것이다.

오늘도 나는 내 인생과 다른 고위직에 있는 사람들과 '비례!' 데이터(DATA)를 해본다.

투명한 신 ✧ 이 은총할 '줄'을 60억 인구에게 세운다면 한 번은 성좌가 될 것임을 사람들이 인정한다면 두 번은 누가 세 번은 누구인지 과학적으로도 확신될 것이다.

사람들이여! 진실하라.
대의를 위하고 진리의 길을 가라.

무명 시인 장용득
69세까지는 운명이 주어진 대로 열심히 최선을 다해서 일하며 또 쉬고 나쁜 쪽이 아닌 삶을 열심히 살고,
70세부터는 산 좋고 물 좋고 공기 좋은 곳에 살면서 자기 취미 생활을 할 수만 있다면 인생으로 태어난 보람이 있지 않을까?

생명체로 태어났으면 육체를 열심히 움직여야 한다.
좋은 음식 맨날 배부르게 먹고, 맨날 편안하게 놀고 있는 것은 인생의 행복이 아니다.
근심 걱정, 고민 걱정 하는 것과 무엇을 창출하려고 뇌를 쓰는 것은 불행과 행복의 차이점이다.

나에게 불행한 일이 닥치면 그것은 전생(과거)에 나의 잘못한 업보 때문임을 깨닫고 업보를 중생(현재)에서 잘 닦는 법은 한평생 자식을 위해 일해 온 부모가 늙어 치매가 온 어머니를 돌보듯 정성껏 도를 닦으면 영생은 희망의 별빛이 되리라.

우리 인간이 동물과 다른 점은 신☼의 유전자(DNA)를 가장 많이 받았기 때문이요, 그로 해서 역사의 기록을 하고 그 역사의 밑받침으로 더 나은 창출의 희망과 나쁜 것은 반성하는 마음이 있기 때문이요.

옛날엔 비록 가난하더라도 정신이 깨어난 사람들을 존경하고 '예'를 지키고 했는데 요즘은 돈 앞에 존경하고 무릎을 꿇고 거짓말과 양심을 팔아버리는 '개' 같은 인생이 되었으니 '어찌하면 좋을꼬'!

신☀이 곧 좋은 세상 만들어 주시겠지. 암만!

영생을 깨달으면

영생을 깨닫고 나니
나더러 밤하늘의 별이 되라고 하네.
2020년 3월 12일, 음력 2월 18일, 밤 10시 30분
속초 해수욕장 앞 밤바다에서 떠오른 보름이 지난 달을
나와 연관시켜 보름달이 되라 하네.
태양이 되라 하네.

영생을 깨닫고 나면
중생들의 삶이 허하게 느껴지네.
인간들의 노고가 안쓰러워지네.

그런데 나의 또 한 가지 숙제 거리는
지금 나는 부처님도 예수님의 하나님도 깨달은 것 같은데,
허면 나의 일거리가 없어지는 것 아닌가.

분명 진화론이 오늘보다는 내일이 더 깨어감의 세월인 것을 알지만
문학, 글을 쓸 나의 일거리가 없어지는 것은 아닐까 '하지만',
살아본 적 지금까지 그랬듯이 며칠 지나면 또 창출이 떠오르듯이

세월이 지나고 어느덧 내 인생의 뒤안길을 되돌아보면

한낱 한 치도 모든 것이 다 이유가 있었음을 깨달았다.

무명 시인 김몽득

모든 것을 데이터(DATA)로 분석하며
비교해보라

70 평생 나의 인생을 뒤돌아보면 분명 나에겐
운명이란? 전생(과거)의 내 업보대로 신☀이 주는 것임을 깨달았다.
모든 것의 운명 또한 신☀이 주는 것임을 알면,

① 운명을 깨닫고
② 전생, 중생, 영생을 깨달으면
③ 신☀의 우주 세상의 창조를 알게 된다.

내 인생살이 삶 속에 꿈엔들 늦팔자가 이렇게 좋을 줄은 몰랐다.

69세에 세 번 죽음에서 70세에 깨어나서 공기 좋고 물 좋고 정기 맑
은 설악산 아래 동네에서 울산바위 달마봉 영랑호 청초호반 가운데 있
는 집에서

남자들의 욕망 1호 천하의 미인을 얻을 수 있었고, 늦팔자가 이렇게
좋은 것을 데이터(DATA)로 분석해보면,

자기 욕심이 없고 진실한 마음을 갖고 있음
세상의 작은 것 벌레 한 마리도 사랑하며 악을 미워하지 않는 마음

남보다 부지런하고 부처님 미소처럼 세상을 밝게 보는 마음
이것 때문임을 깨달았찌롱~웅!

아침에 도를 깨달으면
저녁에 죽은들 어떠하리. 〈공자〉

나는 지구촌에 작고 연약한 한 인간 사람으로 태어났지만
깨닫고 나니 내 영혼은
우주 세상 만물의 빛을 받고 깨닫고 나니 이제 만물에게 빛을 주고
신☀의 빛 속에 함께함을 깨닫고 나니
내가 곧 만물이요, 만물이 곧 나임을 깨달았습니다.

무명 시인 강몽득

나는 어디서 왔다가
어디로 가는가

나는 만물의 빛에서 왔고 죽음 후 만물이 빛으로 돌아간다.
빛은 어둠 속일 때 빛이 밝음을 깨달아라.
그래서

예수님이나 석가모니님도 죽음 후 우리 인간에게 최고의 깨달음으로
영생하시어 빛하고 있음이다.
  예술가, 위대한 사람 또한 죽음 후 어둠 속에서 더욱 우리 인간에게
☼ 빛을 준다.

  인간은 인간의 유전자(DNA)가 있고,
  꽃들은 식물의 유전자(DNA)가 있고,
  동물은 동물의 유전자(DNA)가 있음을 알아라.

  얼마 전에 철없는 어느 한 인간이 '개' 동물을 자기 신으로 모신다며
자기가 낳은 어린 자식을 학대해서 죽음에 이르는 일을 보며 동물들도
새나 돼지나 개나 자기 자식을 자기 몸보다 더 소중하게 생각하고 세
상살이에 잘 살아갈 수 있는 방법을 가르쳐서 험한 세상에 내보내는데
인간에겐 초기 인성 교육이 잘 가르쳐지지 않았기 때문이리라.
  초기 인성 교육은 뒷면에 상세히 적기로 한다.

유전자(DNA)

인간은 인간의 유전자(DNA)로 부모의 직계를 받고 태어난다.

자기의 유전자(DNA)를 쭉 따라가 보면 조상→시조→그리고 지구촌
→우주세상

신☼의 빛 만물의 빛을 받고 나 자신이 세상 지구촌에 태어나고 또
죽음 후 만물의 빛 영혼 속으로 돌아간다.

사람들이여,
생명을 소중히 하라!

자아를 데이터(DATA)로 비교하며 깨닫고
어둠 속의 세상 속에서 이제,
신☼의 찬연한 빛 속에 함께하세요.

아침 일찍 일어나서 산책을 나가면
풀잎 위에 밤에 내린 이슬 한 방울이 햇살에 반짝일 때
지구촌은 신☼의 축복을 받은 은하의 행성임을 알면
만물의 영혼의 반장으로 태어났음을 행운임을 알아야 하겠지요.

죽음 후면 아무것도 흔적도 없어지더이다. 그다음 신☼의 세계가 있
다 한들 '생 돼지 멱따는' 아픔의 고통을 견디더라도 살아서 우주 세상
을 한 번 더 신비하게 볼 수 있는 순간이 있다면 그것이 깨달음이고 (이
승) 중생에서 인생의 행운이 아닐까요?

① 우주 세상이 알고
② 내 양심이 알고
③ 신☼이 투명하게 알고 있다면

이승(전생)에서 깨달음의 %에 따라서 저승(영생)에서 줄을 세운다면

지금, 현재 그대는 몇 번째 줄을 설 수 있는지 자기 자신을 한번 보세요.

신라의 원효대사 스님은 중국으로 불경을 배우러 산길을 가던 중, 해가 져서 어느 묘지 옆에서 노숙, 밤에 잠을 자다가 목이 마르고 배고픔에 옆에 있던 바가지의 물을 참 맛있게 먹었는데 아침에 너무 고마워서 그 바가지에게 고맙다고 인사라도 하고 떠나려고 바가지를 보는 순간,

그것은 바가지가 아니고 해골에 빗물이 고였고 구더기까지 있음을 보고 '으액' 하고 토해내려다가 큰 깨달음을 얻고 북경에 가지 않고 신라로 돌아왔다고 하였듯이

아침에 도를 깨우치면 저녁에 죽음인들 어떠하리 '공자님' 말씀같이

잠깐의 순간에도 도를 깨우치고 닦아서 자기 자신이 깨달음의 %를 사람들과 비교해 보면서 깨달음의 단계 %를 높여가노라면 그때는 다른 사람들의 깨달음 %도 보일 것입니다.

천국과 지옥

신☀은 우주 세상을 창조하실 때 진화론에 인과응보와 자업자득으로 선은 천국으로 악은 지옥으로 가게 만들어 놓았다.

악이라 하면,
나쁜 공기, 폐수 더러운 물, 아픔과 고통, 근심 걱정, 비참 처참, 아귀 지옥을 말하는 것이고,

선이라 하면,
신선한 공기, 맑은 물, 꽃, 신비한 일, 아름다운 곳, 영롱한 빛들,
천국 천당이라고 말하는 것이리라.

나쁜 습관을 가진 사람은 자기 자신도 모르게 습관적으로 나쁜 짓, 나쁜 행동을 하여 스스로 아픔 고통의 더러운 곳으로 찾아가는 것이고, 좋은 습관을 가진 사람은 스스로 착하고 정의롭고 하니 나쁜 행동은 하지 않으니 좋은 곳을 찾아 습관적으로 간다는 것을 인간들은 깨달아야 할 것이다.

신☀은 나에게 이런 말을 한다.
1. 어떤 기적을 바라지 말라.
* 영원의 세계는 이승의 사람들에게는 보이지 않는다.

2. 늙지 않고 죽음이 없기를 바라지 말라.

* 죽음과 늙음이 없다면 영생이 귀하고 소중함을 어찌 알겠는가.

말도 안 되는 소리는 '헛'소리인 거여.

3. 신☀을 시험하지 말라.

* 사람이 바퀴벌레의 질문에 무엇을 대답할 것인가와 똑같다.

역사의 기록으로 배우고 스스로 깨달아 가면 된다.

무명 시인 김몽득

깨달음의 세계가 위로 올라갈 때보다
내려올 때가 더 어렵다고 하는 것은

2019년 6월 20일 목요일, 맑음

속초시청 문화예술관광 일일 코스로 서울 쪽 광명시 금광산 동굴 탐
방과 인천 차이나타운을 돌아보고 저녁은 홍천에서 먹고 밤 8시 30분
출발, 속초로 오던 중 한 시간 동안 아줌마들이 술 한 잔씩 하고 버스
안에서 디스코 춤 파티가 열렸다.

신나는 음악을 크게 틀어놓고 흔들고 춤추고 술 권하고 비틀거리고
난장판이다. 내 아내도 일어나서 흔들고 나더러도 일어나서 흔들라고
한다.

예전에 관광차가 지나갈 때 저런 꼴불견을 보면 참 한심하게 생각했
는데, 저러다가 다치고 사고 나면 어쩌려고, 저렇게 뛰고 놀고 싶으면
콜라텍에 가든지 카바레 디스코장에 가든지 하지 꼴사납게 놀고 있네,
이러던 내가

일어나서 같이 흔들어주고 분위기 잘 맞춰주니 아내 '왈!' "어쭈구리!
잘하는데!" 하며 아내도 좋아하고 모두들 좋아한다.

깨달은 사람은 어딘가 고상하고 얼굴에 광명의 빛이 나고 세상살이에 실수도 안 하고 불법도 하지 않을까요~ 잉?

관광버스 속에서 내가 일어나서 춤을 추고 노래를 부르고 목이 쉬도록 흥을 돋울 때는 나의 생각이 지금이 나의 깨달음이 내려올 때이므로

이 세상 덜 깨어난 모든 사람과 만물에게 내 뜻이 아닌 덜 깨어난 만물의 뜻에 함께 어울리고 그들의 마음 높이에 함께해야 함을 깨달았기 때문이다.

석가모님도 보리수나무 아래서 우주 광명 천지의 이론을 깨닫고 중생들에게 우주 세상 원리를 전해주고 중생들에 영생의 극락정토를 주고 싶어서 하산을 했는데 사람들은 아무도 깨달음에 득도하신 부처님을 몰라보았다.
거지 차림에 수준이 높은 말을 하면 사람들은 맛이 살짝 요리끼리하게 가버린 구걸자로 취급하는 것이 현실이 맞는 것이지요.

흔히들 사람들은 50세 반평생을 세상에 살면 자기의 내면의 성격이 외면 얼굴에 나타나고, 그래서 관상을 본다고 쉽게 말하지만

거지 차림의 부처님을 알아본 사람은 이 세상에서 단 한 명도 없다는 것을 우리 인간들은 깊이 뉘우쳐야겠지만, 자책은 하지 마소.
신☀이 아니고서야 어찌 알겠소~ 잉!

석가모니 부처님은 중생들이 한심하고 안타깝지만
'왜?' 이것이 무엇입니까?

정답이 나올 때까지 다시 산으로 올라가서
어느 토굴 속에서 다시 정진을 하였고,

그 답은 내가 깨달은 바로 그것이다.
"참새가 어찌 봉황의 뜻을 알리오."
"높이 나는 새가 외롭지만 아래로 보는 마음에서 희열을 얻는다."
이것은 4차원의 깨달음이면,

5차원의 깨달음은?
"봉황이 참새의 뜻을 알고 참새를 잘 꽃을 피우게 하는 것이다."
그러려면
부처가 진정 참새가 되고 만물의 친구가 되어 함께 어울리고
그 속에서 더욱 내려서 거름이 되어야 참새가 꽃을 피울 때
'그것이' 성좌임을 깨달았습니다.

불교에서는 그것을 보시라고 하고,
예수교에서는 그것을 전도라고 한다.

깨달음을 위해 올라갈 때는

불교에서는 출가를 해서 부모 자식과도 연을 끊고 오직 출세 득도를
위해 정진한다.

그 시험에서
득도의 7~8부 능선에 오를 때는 온갖 비운의 살려달라는 사랑하는
사람도 부모도 자식의 애원 소리에도 뒤를 돌아보면 지금까지 험하게

걸어온 것들은 모두 도로아미타불로 돌아간다는 전설도 있었다.

어떤 유혹의 시험에도 오직 진리의 길을 가라는 뜻일 것이다.

그렇다. 어떻게 해서라도 깨달음의 최고 경지 성좌로, 신 ◇ 의 아래 총책임자가 되면 영혼의 세계에서는 유전자(DNA)에 따라서 자동으로 구제를 받겠지.

신 ◇ 도 이심전심을 명확히 알고 있겠지요.

깨달음이란 진리의 길로 험한 산맥을 오르듯 올라갈 때도 어렵지만 자기 자신과 세상을 이기고 깨달음의 자기 꽃은 피었지만 그 신비한 꽃은 다시 죽어 썩어 거름이 되어 세상의 중생의 꽃과 만물의 꽃을 피우게 우주 세상과 하나가 되어 공존해 감을 깨달아야겠지요.

그래서 깨달음은 올라갈 때가 있고 정상에 올라 세상을 내려 보았으면 내려올 때가 더욱 어렵다는 것인가 봐요.

나의 깨달음 또한 오를 때와 내려와서 다시 올라가고 지금은 우주 세상과 하나가 되어 있음을 느끼기에 이 글을 쓰고 나의 일기에 하루하루 느끼고 깨달음이 적혀 있음을 보면 알 것이다.

이대로 영원히 무명으로 죽음에 가고 흔적 없이 사라진다고 해도
신 ◇ 이 알고
우주 세상이 알고
내 영혼이 알고 있기에 '무얼' 어느 누구에게 바람을 할 수 있으리오.

무명 시인 김봉득

자연의 영혼과 나와
하나가 되어

속초에서
2020년 3월 15일 밤 9시 30분, 어두움 속에 눈발이 바람에 날린다.
나는 베란다에 나가서 창문을 열고 어둑한 세상을 바라본다.
눈이 멈췄나 봐.

컴컴한 구름 속의 청초호반 하늘과 설악산 쪽의 어두운 구름산을 본다.
설악산 아래 산 쪽에 하얀 서리 안개비같이 깔려 있고
갑자기 바람이 휘몰아치며 눈발이 날려 온다.

바람이 많이 불어오고
눈발이 열어놓은 창틀 너머로 날려 와서 거실 방까지 날아 들어오고
난리는 난리다.

나는 안다.
저 바람 속에 뭇 영혼들을
저 휘날려 오는 눈발 한 잎 한 잎의 사연 담긴 영혼들을
3월의 밤 눈 속에 묻어오는 향긋한 바람눈 영혼들이 나와 놀자는 것을.

야~! 내가 너희들 하고 놀자고 보채고 장난질하냐?
시방! 어디~! 내 방까지 날아 들어오고 지랄은 지랄이야,

나는 세상과 하나 되어 잠시 동심으로 돌아가서 놀고 있다.

소파에 앉아 있던 아내가
추운데 문 열어 놓고 있다고 쫑알거린다.

문을 닫고 들어와서
아직도 눈발이 내리나 싶어 빼꼼히 창밖을 내다보니
눈발들은 보이지 않는다.
'설마' 그만한 일로 눈들이 삐치지는 않았을까 조바심이 든다.
아침에 눈을 뜨니 눈들이 소복이 내려 있었다.

눈발들이 나를 놀렸다.

* 여기서 또 깨달음이 왔다. 요즘 득도의 깨달음도 했고 글 쓸 일이
  없었는데 하루의 일과 속에 느낀 대로 진실하게 이렇게 글을 쓸 수
  있고 이것 또한 문학이라면 참 쉽게 글을 쓸 수 있게 되어 마음이
  편하다.

우리 집 강아지
써니가 죽었다

2019년 2월 23일 토요일, 맑음

속초로 이사 온 지 5개월 반 공기 좋고 물 좋고 바다 있고 경치 좋은 곳에 와서 영랑호반 청초호반을 산책하며 바닷길 영금정 거문고 외옹치 해변 설악산과 낙산사는 절 입구까지 늘 데리고 다니며 좋은 곳은 신비한 곳들은 모두 보여주며 영상에 담아서 행복을 느끼라고 데리고 다녔다.

써니는 오팔 년 개띠이고 19년 차 영리한 말티즈의 종자이다.
개의 생명이 다할 때이다.
서울에 있을 때도 두 번이나 기력을 잃고 쓰러지려 하는 것을
생삼을 갈아서 억지로 먹이고 난 후 좋아졌고,
속초에 와서는 제법 팔팔해졌다.

죽음!
저승으로 가려고 이승에서 며칠 전부터 나에게 연민의 눈빛을 보낸다.
멍하니 나를 쳐다보며 그동안 이승에서 고마웠다는 인사를 하는 것 같아 연약한 마음의 나는 금세 울고 있다.

고맙긴! 때로는 천둥 번개만 치면 놀라서 아무 곳에서나 오줌과 똥을
쌀 때 잘 가려서 오줌 똥 누던 놈이 정신을 놓았다고 벌을 세우고 야단
쳤던 기억들이….

사람이 무식해서 그만, 벌을 세우고 야단을 쳤던 것이 미안하고 죄송
하구나.
이제 죽음에 갈 너를 보고 나는 왜 이렇게 슬퍼지고 눈물이 나는 걸까.

나는 써니를 안고 신에게 기도를 한다.
신 ✧ 이시여!
영혼이 있다면 저 아이 써니를 꼭 기억해 주소서.

아침만 되면 나의 낮은 침대에 두 발을 올리고
내 팔을 끌어내리고 내 팔이 닿지 않으면
침대 모서리를 드럼을 치며 피아노 건반을 두드리듯 왔다 갔다 하며
기어이 나를 깨워서

엄마가 잠에서 깨어나 거실에서 텔레비전을 틀었으니
엄마가 심심할까 봐 꼭 나와 함께 가자고 하던 써니가,
그래서 엄마에게 다가가면 자기가 엄마의 보디가드인 양
나를 엄마 가까이 못 오게 깡깡거리던 써니가
며칠째 음식을 전폐하고 죽음을 맞이하려 하는 것 같았다.

나의 성격을 닮아서 아픔도 잘 참고 병원도 안 가는 나를 닮아서
어금니 양쪽 잇몸이 썩어 문드러지고
발톱이 생으로 빠져서 아파도 아픔의 표정 한 번 안 짓고 참아내던

우리 써니를 기어이 보내야만 할 때가 오는가 보다.

죽음이란?
어느 한 동물이든 사람이든 한 번 태어나면 누구나 죽음을 맞이해야
하는 것.

이 장엄한 우주의 기를 받고 만물의 축복 속에 생명 하나가 잉태되
고 태어나는 것,
세상 속에 만물과 함께 하며 살다가 죽음을 맞이하고 흔적 없이 이 세
상 속에서 자기의 존재가 영원히 없어지고 사라지고 나면 그 허망함은…:

잠깐의 세월 동안 나와의 연으로 만나서 생명으로 정이 들고
죽음 앞에서 나에게 떨어지기 싫어서 멍~때림으로 멍하니
나를 쳐다보고 있는 저 연민의 정 앞에서 나는 또 울고 있습니다.

안락사

어제저녁에는 억지로 밥을 조금 먹으려 하다가 힘겨워서
생을 포기하는 써니를 보며
나는 써니를 품에 안고 베란다 창문을 열고
속초시의 밤 불빛과 설악산 쪽을 응시하며 보여주었다.

어둑한 밤하늘 설악산의 모든 정기 울산 평풍바위의 정기 어린 영혼
들아.
　바다 세상 모든 영혼들은 여기 한 성좌가 보내는 애틋한 편지를 읽고
써니의 영혼이 가는 곳마다 안내하라.

저승에 갈 때는 이승에서 정들었던 사람과 정을 끊고 간다고 했던가.
써니에게서 썩은 냄새가 역겹도록 두 번이나 났다.
그래서 하루라도 덜 고통스럽게 하려고 했는데

아픔의 고통이 있어도 이승이 좋으니
써니에게 하루라도 더 이 세상을 보여주자고 하던 아내가
오늘 아침에는 써니의 머리를 쓰다듬어 주면서 편안히 보내자고 했다.

나는 강릉에 있는 강아지 화장펫에 전화를 했고,
　안락사까지 가능하다는 연락을 받고 떠날 준비를 한다.
　아내가 옷을 갈아입는 동안 마지막의 이 집 창문을 열고 바깥세상을
보여준다.

　태양은 구름 속에서 왜 저리도 찬연한지

청초호반의 바다 빛은 검푸른 물결 속에 황금빛 찬란함으로 반짝이지
세상은 써니가 가는 날 찬연히 써니의 영혼 길을 안내하려 하는데
나는 왜 이리도 마음이 쓸쓸한지.

나는 써니를 안고 이 방 저 방 나의 방에도 써니의 흔적을 보여주며
노래를 부른다.

해는 져서 어두운데 찾아오는 사람 없고
이 일 저 일을 생각하니 눈물만 흐르네
내 동무 어디 가고 나 혼자 홀로서~ 나는 울고 있었다.

강릉 시외버스 정류장까지 마중 나온 펫 승용차를 써니는 내가 안고
탔다.
  언제나 차를 타면 꼭 엄마에게로 옮겨가던 써니가
  오늘은 내 품 안에 안겨 침을 흘리며 간혹 연민의 정으로 나를 빤히
쳐다본다.

  펫 기사가 써니의 썩는 냄새가 역겨운지 운전석 창문을 연다.
  강릉의 펫으로 가는 길이 주위가 시골스러워서 친근감이 느껴지며
좋은 것 같다.
  하지만 나는 또 나보다 남을 먼저 생각한다.

  아무래도 화장터라 민가와 아주 멀리 떨어진 골짜기였으면 좋겠다고.
  펫 장소는 시골의 산골 아래 최신형으로 만든 얼마 안 된 것이라 깨
끗했다.

준비를 하는 동안 대기실에서 기다리라는데 나는 아내와 써니를 안고 주위의 산천을 돌아보며 써니에게 하늘 산천 낯설지 않은 곳이니 아프지 말고 영혼은 자유롭게 세상을 날아 너 가보고 싶은 곳 다 가 보거라. 어느 곳이든지. 신◇의 가호가 있음을 나는 신◇에게 또 부탁을 한다.

안락사.
나는 주사를 놓으면 순간 편안히 잠들 듯 숨이 멈추고 죽음에 가는 줄 알고 왼팔은 써니를 안고 오른손은 써니의 머리에 얹고 신◇에게 기도를 올린다. 써니를 가호해달라고. 그리고 세월이 지나면 영원히 환생케 해달라고.

안락사 주사를 써니의 허벅지에 찌르는 순간!
주삿바늘이 찔리는 순간!
죽음의 고통에 써니가 소스라치며 악 악을 쓰며 그 아픔에 못 이겨서 잡고 있던 나의 팔뚝을 깨물려는 순간! 이승에서 가장 사랑했던 사람이라는 것을 알아차리고는 내 팔을 물지 않으려고 애써 노력하며 참던 모습에 나는 그만 울어버렸다.

그리고 써니는 부들부들 떨면서 조용히 죽어갔다.

아내도 옆에서 울면서 안락사가 조용히 편안히 보내는 줄 알았는데 이렇게 아프게 고통스럽게 보내면 어떡하느냐고 항의를 했다.

죽은 사체의 염은 사람같이 소독으로 깨끗이 닦고 무명천으로 가지런히 감싸고 화장을 해서 한 줌의 백색 가루 봉지를 주었다.

써니의 흔적은 들국화 꽃이 피고 코스모스 꽃이 피는 들녘 양지바른 곳에 꽃들의 거름이 되라고 흩뿌려 주었다.

나는 며칠을 잠에서 깨어난 아침이면 대성통곡하고 슬퍼서 울었다.
한 생명과 정이 들고 죽음에 보내야 하는 심정의 애틋함은 무엇입니까?

사람들이여! 자기 생명을 소중히 하라.
오늘 하루 삶이 살아 있거든 우주 세상 만물에게 감사하고
신☼에게도 감사의 기도를 올려라.

동물을 사랑하는 사람들에게!
우선 동물들이 예쁘다고 함부로 입양해서 키우지 말라.
한 생명체를 사랑하고 인연으로 만났으면 끝까지 책임을 지는 각오로 연을 만들어라.

동물들이 사람들에게 사랑받게 하려면 동물을 키우는 '에티켓'을 습득하라.
풀밭에 나의 개가 똥을 누었다 해도 주인은 깨끗이 흔적 없이 치워야 한다.
행여 사람이 풀밭에 들어갔다가 개똥을 밟았으면 순간, 어떤 개새끼가 똥을 누었느냐고 욕을 하고 개 주인에겐 무식한 인간이라고 인간! 전체가 욕을 먹기 때문이다.

사람을 주인으로 진정으로 주인으로 섬기는 동물, 개를 우리는 잘 다스리고 사랑하자.

무명 시인 김봉득

화마 속의 기적

2019년 4월 4일 목요일

돌개바람에 고성 지역에서 한전 변압선에서 불똥이 튀어 일어난 산불을 삽시간에 설악산 울산바위 앞 동네 장천마을을 다 삼키고 영랑호를 다 태우고 한화콘도 주위를 다 태우고 우리 집 아파트 북쪽 앞산을 태우고 있다.

우리 집 아파트 북쪽 앞에 불길은 검붉게 화마가 칼춤을 추듯 바람에 이리저리 미친 듯 붉은 칼날이 휘둘러지고 있다.

돌개풍 미친바람이 머리채를 휘두르며 내 집 아파트 건물이 배를 타면 롤링하듯 아내와 나는 뱃멀미를 느끼듯 아파트가 바람에 뿌리째 뽑히면 어떡하나 걱정할 정도다.

내 평생 이런 바람에 불길이 우리 아파트를 덮으려 화마가 미쳐서 날뛴다.

아내의 얼굴이 창백하다.

아파트 방송 안내에서 빨리 피난하라는 스피커 소리에 불안한 마음으로 창문 밖 물을 뿌리고, 창문을 닫고 물을 뿌리고 소화기 준비, 가스 호스 원천 차단하고 핸드폰으로 불길이 솟아오르는 아파트 북쪽을 사진 세 장을 찍고 얼떨결에 잠깐의 마음으로 신◇에게 기도를 올린다.

얼마 전 강아지 써니의 육신이 뿌려진 곳도 화마가 덮쳤을 텐데 "써니야, 놀라지 말고 침착하고 잠시 그곳을 떠나 울산 평풍바위 뒤 설악산에 가서 있으렴. 울산 평풍바위 정기가 너의 영혼을 보호해줄 것이다." 그리고 내 집도 지켜주소서.

아내와 나는 중요한 몇 가지만 챙겨서 피난처로 공무원님들의 안내에 따라갔다.

그날 밤 강릉에서도 또 대형 산불이 났고, 온마을과 산을 태우고 말 못 하고 메여 뜨거운 불길에 '놀라' 뛰지도 못하고 짐승들의 등허리에 불이 붙고 타는 모습을 다음 날 TV를 보며 나는 울었다.

나는 왜?
인간과 차원이 다른 무식한 저들 짐승들에게 정이 가고 마음이 끌리는가.
왜? 한없이 눈물이 찡하며 흘러내리는가.

4월 7일 일요일, 맑음

오늘은 아내와 속초에서 알게 된 김 사장님과 화마가 휩쓸고 간 장천마을 온정마을 고성군 강릉까지 돌아보며 쑥대밭이 된 곳을 처참한 심정으로 아내도 눈물을 흘린다.

한민족의 산에 영혼이 담긴 소나무들 그리고 잡목과 풀들이 그 뜨거운 화마에 아픔을 견디느라 얼마나 아팠을까.

그보다 더 안타까운 것은 소와 개, 닭들이 목줄에 묶여 있고 도망도 못 가고 화마의 불길에 생명의 아픔에 소리쳤을 처참한 상황을 보며,

아~ 신☀이시여,
저들의 고통 뒤에 찾아올 깨어남의 새로운 신비의 새싹을 주소서.

오후 늦게 아내와 시커멓게 탄 냄새가 동네를 덮은 산자락 길을 걷다가 아내와 동시에 '아~악!' 소리를 질렀다.

기적이다.
써니의 흔적을 뿌려준 코스모스 꽃밭 그 뒤 작은 소나무 서너 그루, 세로 5m, 가로 약 7m가 불길이 오다가 멈췄고 푸르름 그대로 있었다.

나는 신☀에게 감사하고 울산 평풍바위가 지켜준 것에 고마움을 전한다.

양지바른 곳, 해가 설악산 소천봉 쪽으로 기울며 빛 한다.

무명 시인 김몽득

실패는 내일의
더 나은 나를 만든다

2020년 4월 22일 월요일, 저녁 비 옴

102전 102패의 이 글을 여기에 또 적어본다.
실패는 내일에 더 나은 나를 만들더이다.

2020년 3월 18일 수요일, 맑음

오늘 언뜻 이런 생각이 든다.
내가 시를 쓰고 문학을 한 지가 어느덧 35년이 되었음을 느낀다.

물론 삶을 열심히 살며 그리고 ① 배운 학벌도 없고 ② 전문 분야의 길도 아닌 것을 그것도 ③ 나 자신에 얼래불래 모든 일 처리를 하는 습성으로 못난 3대 요소를 다 갖추고 있으면서도

잘되길 바라고 안 되면 신◇을 원망하고 운명의 탓으로 돌리는 '그리하여'! 오늘날까지 내가 살아왔고 오늘에 이렇게 좋은 늦팔자에 세상에 신◇을 찾았고 세상 속에 나를 보는 큰 깨달음을 얻은 것이오.

서당 개 3년 풍월 읊조린다고 했던가.

그래도 나의 문학의 길 35년을 뒤돌아보고 오늘 나의 문학을 보니

① 모든 글에 감정이 들어가고

② 깨달음의 글이 들어가 있고

③ 어느덧 글을 제법 잘 쓰고 있지 않은가

앞으로 얼래불래만 고치고 좀 세밀하면 박경리님 작 『토지』같이 역사의 서사시는 안 될지라도

나의 인생 서사시에 철학과 운명 깨달음의 진리가 조금 담긴 책을 낼 수 있겠구나를 깨달았씀네.

2020년 3월 21일 토요일, 낮 맑음, 밤 비 옴

이날은 나의 삶에 무능으로 무명의 댄스 스포츠로 생계를 꾸려나갔던 댄스 스포츠 베이직 세 가지를 완벽하게 깨달은 날이다.

그 속에서 나의 운명인 문학의 실패작을 움틔웠다.

참 다행인 것은 실패했기 때문에 오늘날 참 좋은 깨달음을 얻고 세상 속에 나를 보았고 나를 알았으니 우주 세상의 육체는 우주 세상 그대로 밤하늘에 은하의 별빛, 달 태양 등이며, 우주 세상의 영혼이 곧 신◇임을 깨달은 나는

어둠 속에 내린 가을밤의 이슬같이 이른 아침에 떠오르는 태양빛에 반짝이다, 흙 풀뿌리에 내려 세상에 생명을 주고 어둠 속에 사라지고 우주 세상의 공존 속에 신◇의 이름으로 밤하늘의 달이 되고 별이 되어 초롱히 빛난들 중생들이 어찌 알리오.

102전 102패의 원인을 확실히 알았고 만약 그중에 단 한 개라도 성공했다면 나의 인생은 허영 속에서 살다가 죽음에 갔을 텐데, 오늘의 이런 깨달음의 영롱함은, 중생들의 욕망 욕심 권력과 '어찌' 바꿀 수 있으리오.

불교에 108번뇌라고 했던가.
나의 실패가 102번이니 아직도 6번은 실패의 고배를 마셔야겠지.
그러다 내 인생에 나이도 있고 죽음을 맞이한다면

역시 나는 이 세상에 두 마리 토끼를 다잡는 성좌인가 봐.

악을 사랑하고 선을 존경하는 깨달음에서

밤이 있어야 낮이 있고, 탄생이 있으면 죽음이 있듯

우주 세상에 이것들이 상대성이론의 공존 법칙 이것이 곧

신☼의 창조임을 깨달았습니다.

108 번뇌에 108번을 내가 실패하고 그대로 죽음에 간다고 해도

나는 세상 속에서 나를 보았고 나를 알았으니

주어진 내 운명대로 마지막 남은 내 여생을 열심히 하루하루 내 육체와 영혼을 위해 노력하며 살아가겠지.

요즘은 매일매일 내 죽음 앞에 당도했을 때

나의 깨달음이 우주 세상 신☼에 귀의함으로 어둠 속에서 이른 아침 햇살에

영롱한 이슬 한 방울 반짝임을 확실한 이론과 증거로 다가설 수 있게 연습한다오.

나의 이 깨달음에서 젊은이들에게 조언을 해본다.

각 분야에서 조금 더 빨리 성공하고 싶으면,

① 어느 분야든지 완벽을 위하여 전문 분야에서 시작하여야 시작도 끝이 보이고 끝을 넘어 새로운 창출로 가야 한다.

② 성공도 나의 운명이고 실패도 나의 운명임을 받아들이고 108번의 실패를 했어도 그 길이 내 운명이면 결국 성공하는 것이다.

③ 생명을 소중히 하라. 하지만 중생에 생명을 건 싸움은 어두운 밤바다 태풍 속을 헤치고 저 멀리 등대 불빛이 보일 때 새로운 희망

의 빛이 보이겠지만

사람으로 이 지구촌에 태어났으면 나의 책 1, 2, 3권을 읽어보고 죽음에 가게 될지라도 그대의 영혼은 나의 영생의 빛을 받을 것이니라.

깨달아라!
그것이 각 분야의 예술이며 삶의 질 진리이다.
이것이 죽음에서 새로이 움 틔움인 희망의 5차원의 세상일인 줄 모를 것이다.

제4회 MBN
암투병 수기 공모전

먼저 이대 목동병원 소화기내과 김태헌 교수님과 여의사 임지영 선생님의 경이로운 모습과 정성 어린 진료에 고개 숙여 고마움을 전합니다.

그리고 혼신을 다해서 초음파 고주파 시술을 해주신 영상 클리닉 전문의 여 교수님에게도 감사의 기도를 드립니다.
그날의 긴장하신 교수님의 모습이 살아가는 동안 순간순간 회상이 저의 뇌리에 맴돌 것 같습니다.

그 외 저를 치료해주신 각 분야의 전문의 선생님에게도 인사 올리며, 모든 환자의 비위를 받아주고 내 더러운 오물도 마다않고 치워주고 소독해주신 간호사님과 간호보조사님에게도 진심으로 감사를 드립니다.

2016년 11월 15일

위 점막 출혈로 화장실에서 두 번이나 의식을 잃고 쓰러졌다.
피투성이가 되어 119 앰뷸런스에 실려 응급실로 왔다.
위 세 곳에서 피가 새고, 피가 모자라서 생명이 위험하단다.

평생 한 번도 해보지 않았던 위내시경을 네 번이나 생으로
생 돼지 멱따는 죽임으로 소리를 꽥꽥 지르며
콧물, 눈물, 침이 범벅이 되어 헐떡거리며 죽어가고 있었다.

2016년 11월 22일

간암이란다.

여의사 선생님의 말씀이 '각오는 하고 계셔야겠다'고 나의 보호자에게 말하는 것을 들었다.

나는 69세이고, 위출혈로 남의 피로 보충되어 있고, 당뇨가 있어서 위에서 출혈이 멈추지 않고 있고,

간암의 진행 속도가 빠른 데다 키 170cm에 몸무게 50kg으로 아마도 사람 구실을 못할 것 같단다.

내가 존경하는 내 집안의 한 분이 병문안 와서,
"미안한 이야기지만 나이도 있고 수술을 하고 나면 항암 치료를 견뎌내지 못할 것 같다. 가족들까지 다 죽이는 것이니 수술을 포기하는 것이 낫지 않을까" 하고 그분은 조심스럽게 말씀을 한다.

죽음! 나는 미소로 고개를 끄덕였다.

그날 저녁 나는 내 가족들에게 유언장을 썼다.
유언!
나는 생과 죽음에 연연하지 않는다.

죽음도 이미 각오해왔기에 편안히 받아들인다.

그것은 평생 힘들었던 내 삶을 열심히 최선을 다해서 살아왔기 때문이다.

얘, 떨지 마라!
너희는 너희들의 삶을 살아가라.

행여 내가 생으로 돌아간다면 이제는 작은 호롱불 하나 켜 놓고
버려진 내 작은 문학들을 주섬주섬 주워 담아 흙을 털어내고
상처 난 곳엔 약도 발라주고 비록,

내 영혼이 예술로 승화되어 날지 못하고 옹기종기 종이학이 되어
내 가슴팍에 묻혀 있다면 보듬어주며 눈물도 닦아줘야지.

만약 내가 죽음에 간다면
무겁고 힘들었던 내 삶을 내려놓고
편안히, 편안히 쉬어야겠지.

무명 시인 장용득
암 제거 시술이 생각보다 시간이 많이 걸렸고, 여 교수님이 간호사에게 생각보다 출혈이 많았고 차라리 수술을 할걸, 하는 소리가 어렴풋이 들려왔다.

CT 촬영장으로 급히 이동하고 나의 담당 여의사 선생님에게 인수인계를 하면서 출혈이 심했다며 여기까지 초음파실의 책임이 끝났다고 '

흡사' 시체를 팽개치고 도망가는 느낌을 받는 환자의 심정은 표현이 안 되더이다.

　CT 촬영을 마치고 병동으로 올라온 나는 점점 혼수상태로 빠져가고 급히 교수님과 여의사 선생님이 뛰어오고, 내 눈알이 초점을 잃고 죽어가고 있음을 확인한 후 빨리 중환자실로 옮기라는 교수님의 명령이 떨어졌고,

　위급 상황 발생으로 모든 것이 선착순으로 밀려가며 내 가족들은 울면서 "기어이 죽음으로 보내는구나." 하며 따라오는 모습이 어렴풋이 보였다.

　중환자실 영상에 뭣이 보이고,
간암 제거 시술 때 출혈이 소변으로 나오지 못하고 폐로 넘어가서 우측 폐에 피가 가득 찼단다.

　낭심 옆 사타구니에서 정맥 시술로 폐에 피를 씻어 내린단다.
얼핏 파란 가운의 여러 사람이 보이고 의식이 없어졌다.

　이틀 후,
오전 교수님의 방진에서 "하늘이 도우셨다"며 희망이라고 말씀하실 때 나는 한없이 눈물이 흘렀습니다.

내 육신에도 봄은 오는가

(1) 내 영혼들아
  지난겨울에는 내 영혼들이 내 육체를 버리고
  눈이 오는 겨울에 하얀 나비가 되어 떠나려고
  하나둘씩 짐을 챙기고

  육체야 어둠 속에 죽어서
  썩어 문드러지든지 말든지 아랑곳하지 않고
  흰 눈이 내리는 날
  하얀 나비가 되어 날아갈 준비를 하고 있다.

  문학!
  30년 전에 시를 쓴다고 좀 깝죽거리다가 그만두고
  지금은 죽음 앞에서
  나의 내면에 잠재해 있던 시혼들이
  36년을 동고동락해온 내 삶의 춤의 예술혼도

  차마 내 육신을 버리고 그냥 떠나기가 아쉬운지
  시혼아, 춤혼아, 무지의 육신에 들어와서
  예술로 승화되어 한 번 날아보지도 못하고
  가슴에 맺힌 한들이 응어리 되어 아쉬움에
  마지막 한판 굿판이라도 벌이고 떠나잔다.

  바싹 마른 육신의 장작에 불을 피우고
  활활 타오르는 불꽃 위에 창출의 내 시혼아, 춤혼아,

한바탕 춤을 추고 놀아보자

춤을 춘다 춤을 춘다 둥실둥실 춤을 춘다
이제야도 좋을아
무지의 육신이면 어떠하리
한바탕 춤을 추고 놀아보자
혼신의 힘을 다해 춤을 추며 눈물을 흘리자

장작불이 꺼지고 굿판이 멈추면
허무한 마음 달래며
내 영혼들은 이제 내 육신을 버리고
하얀 눈이 내리는 날 하얀 나비가 되어
하얀 눈 속으로 멀어져 가겠지

내 영혼들아!
어디로 가느냐고 물어보아서도 안 되겠지

(2) 죽음의 협곡 눈보라 속을 헤치며
    어둠의 설산을 넘고 넘어서
    아침 햇살 받으며 초원에 저승과 이승의 연락병인 노랑나비 한 마
리가
    날아와서 내 가슴에 안긴다

    떠나려는 내 영혼의 하얀 나비들에게 '노랑나비가'
    가을이 오면 억새풀 하얗게 핀 들녘에 무덤이 있고
    들국화 꽃 산들 피어 있는 곳에서 저녁노을 받으며

하양나비 노랑나비 팔랑팔랑 춤을 추며
가을 하늘 날아보자고

어르고 달래며 못 떠나게 꼬드긴다

창출의 예술혼을 휘날리며 내 영혼들아
꿈이면 어떠하리
종이학이면 어떠하리
무명 시인의 눈에 눈물이 흐르는구나

(3) 내 육신에도 봄은 오는가

겨우내 누렇게 핏기 잃고 삭풍에 휘갈겨 간 들녘에도
푸릇푸릇 생명의 새싹들 돋아나고
앙상히 메마른 나뭇가지에도 볼곳볼곳 움이 트는가

내 육신에도 봄이 오면
언 겨울 냇가 찬물에 세수도 한 번 해보고
시린 맑은 물에 손 곱아도

물 밑에 깔린 낙엽들은 동궁의 꿈에 겨워

어린 물고기들은 꼬리를 살랑살랑 흔들고
먼지를 일으키며 동궁의 꿈에 겨워
봄맞이 준비를 한다

내 육신에도 봄은 오는가

무명 시인 김몽득

* 제4회 MBN 암투병 수기 공모전 낙선작임.

해탈과 지혜란

해탈이란? 우주 세상에 만물의 흐름을 깨달으니
인과응보요 자업자득이니
물질이 허공과 다르지 않고
허공이 물질과 다르지 않는 진리를 깨달으면
항상 부처님의 미소가 곧 해탈이다.

인간의 뇌는 우주 세상의 기운을 받고, 기운 중에서도
생명체를 탄생시킬 행운의 지구촌에서 만물 중에서
신∵의 유전자(DNA)를 가장 많이 받고 만물을 지배할 수 있는
인간으로 태어난 것이다.

해탈이란? 번뇌 망상이 청산 위에 어두운 구름이 어느덧 걷히고
　해맑은 날씨에 신비로운 햇살의 무지갯빛을 보는 느낌을 말하는 것
이다.
　인간의 뇌는 우주 지구같이 항시 돌아가는데
　우리네 인생사 한 많고 사연 많은 번뇌 망상을 우찌 지우노.

번뇌 망상은 지우려야 지워지지 않는 중생의 인생사이다.

해탈이란 깨달음 단계에서 91% 이상인 성좌만이 가능하다.

85%~90%인 성인군자님은 해탈을 못 하셨다.
성인군자라 함은 공자님과 소크라테스님을 말한다.

모든 것은 나의 운명이라고 했다면
성좌 또한 하늘에서 내린 신◇의 빛이다.

나는 성좌라 자칭하면서도 아직은 성좌가 아닐 수도 있다.
그것은 현재 무명이기 때문이다.

나의 일기장을 보면 3월 23일 월요일 맑음 속초에서

신◇의 마지막 시험인가? 나 자신과의 싸움을 명한다.

저녁 밤 베란다 창문을 열고 속초의 밤하늘과 설악산을 응시하고
다시 하늘을 보니
내 집 안에서도 지옥의 암흑 속 지구 땅속 12 어둠 적막 속에도

신◇의 빛이 있음을 진즉에 깨달았지만

나에게 신◇의 기적이 없이 이대로 무명으로 죽음으로 간대도
죽음 후 나라는 존재도 한 치의 흔적도 없는 무로 죽어갈 텐데
죽음 앞에 처절한 죽음 앞에서도 신◇의 도움이나 행여나 살아질까.
바람도 신◇을 원망하지도 않은 자신이 있는가.

이것이
신◇이 너에게 마지막 시험이다.

너 자신과의 싸움에서 확실히 완벽히 이기는 것이다.

그때 하늘 세상에서 깨달음이 온다.

참 이상하고 신비한 일이 아니냐.
나는 지금 석가모니님, 예수님의 깨달음을 완성했고
이 우주 세상의 영혼의 세계를 과학적으로도 확실한 믿음까지 왔는데

왜? 또 나를 시험하는 이것은 무엇일까?

큰 철문같이 내 앞이 막혀 있고
마지막 이 시험을 깨달아야 성문이 열리고
진실한 신☼의 세상이 열린다고 한다.

이제 나는 무0에서 나 자신과의 싸움에서 이기는 느낌이 들고 이길
것 같다.

내 운명이 물질인 중생 생활은 102전 102패를 하지만
세상 영혼과의 싸움에서는 항상 영원히 이기는 것이 내 운명이니까요.

이대로 무0로 흔적 없이 죽음에 간다 해도
나는 이 세상 어떤 영혼도 이길 수 있음이다.

이것이 신☼의 영원한 우주 세상의 빛이다.

해탈은 아무나 하는 것이 아니네.

뇌에 번개가 무수히 내리쳤고 지금도 쩡~쩡 해오고
나의 뇌는 이러다가 치매로 오면 어쩌나 하며 걱정과 조심을 했는데
번개를 축적한 나의 뇌는 에너지로 가득 차서

이 세상 모든 수억 겁의 영혼이라도 나의 에너지의 뇌는
저 영혼들을 사랑하고 지배할 수 있음의 뒤 페이지에
〈누가 나의 뇌를 좀 관찰해주오〉에 상세히 적겠습니다.

지혜란?

나의 책 2권 『3대 성좌 도전기』 220페이지 도표 참조

깨달음 %가 높은 사람일수록 지혜가 높고
깨달음 50%인 사람은 보통 사람이고
깨달음 0%인 인간은 악마 버러지보다 못한 인간이다.

동물들은 힘이 센 자가 우두머리가 되지만
인간 사람은 지혜가 있고, 철학이 있고, 지도자의 능력이 있는 사람이
대통령이나 총리가 되어야 할 것이다.

아무리 크고 사납고 잔인한 동물 짐승일지라도
연약하고 작고 순할지라도 우주 세상의 영혼인
신☀의 유전자(DNA)를 가장 많이 닮아 있는 자가
세상을 지배한다는 것을 우리 인간은 꼭 알아야 할 것이다.

중국 삼국지에 이런 말이 있다.
전쟁의 싸움에서 이기는 것은 전략과 전술이고,
싸우지 않고 이기는 것은 지혜이다.

지혜 중에도 제일 좋은 지혜는

두 마리 토끼를 평화롭게 나를 따르게 하는 지혜이다.

인류 역사에 힘으로 이기는 자는 언젠가는 힘 앞에 무너지고 처참함
을 당하며
지혜로써 이기는 자는 인류 역사에 영원히 존경받고 죽음 후에도 신
☼의 빛 속에 함께하리라.

무명 시인 김몽득

진리란 오직 하나

풀 한 포기에도 생각이 있으면 그것이 곧 영혼이요 기운이다.
아픔을 알고, 사랑하면 사랑을 알고 느낌으로 모든 것을 알고 있다.
돌멩이 하나, 이슬 한 방울, 공기 속에도, 허공 속에도 뭇 영혼과 기가 있음이다.

나는 나의 영혼과 기가 있고 각자 모두가 그러하다.
산에는 산의 영혼과 기가 있으면 바다 또한 그러하다.
지구는 지구촌의 영혼과 기가 있고, 달에는 달의 영혼과 기가 있다.

우주 세상에는 우주 세상의 영혼이 있고 기가 있음이 바로
신☼이라 우리는 칭한다.

우주 세상과 우주 세상 속에 들어 있는 모든 것은 신☼의 창조로 이루어진 것이다.
신☼의 창조의 원리를 세계 천재 물리학자 아인슈타인은 상대성이론에 있다고 했다.

악과 선, 낮은 곳과 높은 곳, 밤과 낮 등 모든 원리가 그러하다.

예수님은 원수를 사랑하라 하셨고,

석가모니님은 내가 썩어 거름이 되어 너희를 꽃피우게 하는 원리를 깨닫고
성좌가 되어 신☼의 빛에 함께함을 나도 깨달았다.

진리는 오직 하나! 동물들이나 무식하니 싸우고 지랄하지
사람은 신☼의 유전자(DNA)를 가장 많이 받고 신비의 지구촌에 태어나서 동물과 식물, 물과 공기를 관리하는 만물의 영장임을 알아야 할 것이다.

진리는 오직 하나

싸우고 죽이고 빼앗고 하는 것은 진정한 진리의 지혜가 없기 때문이리라.
사람인데 인생에 진정으로 좋은 것을 확실히 알면 좋은 것을 따르지 않는 사람이 어디 있겠는가?

성좌 두 분은 예언을 하셨다.

인간 말종의 세상이 오려고 할 때는 진리는 사라지고,
진리를 빙자해서 목자나 스님들이 사리사욕에 빠져가고,
인간들이 만들어놓은 전쟁 연습 전기 발전 핵무기의 죽음의 악마의 폐기물 똥, 오줌이 바다로 흘러 혹은 투하해서
인간이 먹고 살아갈 바다의 자원과 농토에 더러운 공기 미세먼지로 덮어써

지구촌은 병들고 전염병이 사방에 퍼지고 짐승들보다도 못한 성 도

착중에 빠져 있고, 서로의 책임을 상대방에게 떠넘기려 하는 진리 진실이 사라진 세상이 올 것이다.

그때에

예수님은 요한계시록에 신천지 코로나19 사건으로 이만희 신천지 교주의 말인즉

요한계시록에 인간의 종말 세상을 예언하신 그때가 온 것 같다.

그 종말의 시대에 새로운 구세주가 나타날 것이다.

그분 구세주는 새로운 희망의 빛 ✦을 들고 올 것이라고 했다.

석가모니님은 말종의 세상은 거짓말이 개판을 치고 성 도착중에 빠져서 동물 짐승들보다도 못한 사랑놀이를 하고,

병들고 인간들이 모두 지옥에 빠질 때 불기 2500년 후쯤 그때에 미륵불이 나타나서 만물에게 사랑의 빛 ✦을 주고,

특히 인간에게 사람의 유전자(DNA)로 태어났기에 더욱 애틋하게 사랑의 정으로 지옥에서 구해서 한 차원 높은 깨달음의 세계로 중생들을 구제할 것이다.

여기서 새로운 희망의 ✦빛 구원자

지옥에서 중생을 희망의 ✦빛으로 구원한 미륵불

내가 예수님의 예언의 구원자가 되면 안 될까?

'내가 석가모니님이 예언한 미륵불인데' 하면 사람들은 웃으려나?

나를 알아볼 사람은 한 사람도 없겠지?

나는 이제 세상을 깨달았고 해탈한 사람이라

기면 무엇 하고 아니면 어떠하랴.

이대로 무명에 죽어 흔적 없이 죽음에 간다고 해도 내 입가엔

부처의 미소가 영혼 속에 있고 예수님의 +자가에도 ☼ 빛이 있음을

보았다.

신☼의 빛 속에 영생함을 알고 있음이다.

지금 내가 글을 쓰는 것도 이 세상 아무 필요가 없음을 알지만 그래

도 하는 것은

이것이 오늘의 내 운명임을 알고,

미래의 내 운명은 신☼이 주는 것이고, 어떤 내 운명도 나는 일기를

쓰며 운명을 이겨 나갈 것이다.

설령 내 운명이 죽음을 준다고 해도 나는 죽음 후의 영생에 깨달았고,

죽음이 있어야 새로운 생명이 움터 옴을 알고,

나는 내 영혼을 손오공의 여의봉같이 자유자재로 바늘구멍에도 들어

가고

세상의 좋은 것과 나쁜 것을 분명히 알고 있으니

나는 죽어도 내 영혼은 어두운 밤하늘 초롱초롱히 빛나는 별이 되기

도 하고,

태양이 되어 따사로움의 햇살이 되기도 하고,

맑은 공기, 신성한 물이 되기도 하는 우주 세상의 신비한 ☼ 빛이 되

리라.

그리고 우주 세상 만물에게 신☼의 이름으로 빛☼ 하리라.

오직 진리는 하나이다

나는 예수님의 +자가와 원수를 사랑하라 하심을 깨달았다.
석가모니님의 최고 경전인 『마하반야 바라밀다 심경』도 깊이 이해했다.

이 세상 모든 종교,

이슬람 주교, 시아파교, 수니파교, 힌두교, 인드라신, 시바의 신,
산에는 산신, 바다에는 용왕신, 바위에는 바위신 등등…
각자 어느 종교를 믿고 숭배해도 좋을아

다만 진리는 오직 하나임을 알면 인간으로서 사람으로서
지구촌 만물의 장을, 팔에 노란 반장의 완장을 차고 사람으로서
태어난 것에 축하를 드린다.

진리가 오직 하나임을 깨달으면

부부지간에 싸울 일이 없고, 형제 부모와도 그러하고,
네 편 내 편도 없고, 나라와 나라 간에도 싸우고 죽이고 다툴 필요
가 없다.
특히 종교 간에도 헐뜯고 비방하고 다툴 필요가 없다.

원수를 사랑하라.
예수님의 성좌님의 말씀을 깨달으면
교회의 +자가에 빛 ☀이 나는 이유를 깨달으면
석가모니님의 전생(과거) 중생(현재) 영생(미래)을 깨달으면

세상의 원리가 자업자득과 인과응보를 깨달으면

신☼이 살아 있음을 깨달으면

사람들은 무의식중에서도 삶에 생에서
가장 처절한 절망이 닥쳤을 때와 가장 환희의 행운의 순간이 왔을 때
그때는 자신도 모르게 자기의 유전자
신☼을 부르게 되어 있음을 인간 사람들은 깨달아야 할 것이다.

진리는 오직 하나
지구촌도 하나

사람들이여!
신비한 지구촌에 우주 세상의 신☼의 유전자(DNA)를 가장 많이 받
고 태어난 것을 감사하며 조금만 더 깨어가자.

진리는 오직 하나임이요,
좋은 것과 나쁜 것을 분간할 줄 알고 좋은 쪽으로 행동하면 '무어예'
세상에 인생살이가 그리 어렵다고 할 것이오.

4차원의 깨달음은?
'참새가 어찌 봉황의 뜻을 알리오'이고,
5차원의 깨달음은?
봉황이 참새의 뜻을 깊이 알고 참새를 한 차원 높은 곳으로 오를 수
있게 천천히 조금씩 교육하는 것임을 알고 깨달은 자가 실행하자. '그러
려면'

내가 깨닫고 보니, 자유민주주의든, 사회주의든, 공산주의든 상관없이 그 나라의 지식인, 지성인, 성직자든 깨달음이 높은 13인을 선정하고 자유민주주의의 3권 분리가 잘 돌아갈 수 있는 역할의 별도 기구를 만든다.

좋은 법을 만들고 고쳐서 국민들이 모두 좋아하고 따르게 하고, 조선 시대에 성균관 일지같이 기록하고 법이 통과된 것과 통과되지 못한 것은 이유를 기록해서 역사에 남긴다면 누가 감히 나쁜 쪽으로 마음을 먹겠습니까.

13인의 임기는 7년으로 하고, 13인의 선출 방법과 제반 문제는 임시 특별 구성으로 논의하면 될 것이다.

유엔의 힘을 더 키우고 유엔에서도 네 편 내 편이 없는 정신이 깨어 있는 13인을 세계에서 차출하면 각 나라를 감시하고 도와줄 나라는 도와주고, 잘못하고 있는 나라는 시정 및 제제를 하고, 본받을 것은 본받는, 그리고 기록을 역사에 남긴다면

지구촌은 참 신비한 행성이고, 참 좋은 사람들이 위대하게 살다가 우주 세상의 원리를 깨닫고 원리를 따라서 지고(죽음) 또 새싹이 움트는 생명의 인생 희로애락을 알고 우주 세상에 영생하리라.

지구촌의 하나의 초심점은 동방의 나라 삼천리금수강산 동쪽 독도에서 해가 떠오르는 영롱한 아침 이슬이 풀잎 위에 반짝이는 나라 한민족에서 속초에서 설악산 좌청룡 우백호의 기를 받고 좌청룡 신선봉 아래 울산 평풍바위의 보호를 받으며

신☀이 보내는 에너지를 먹으며 이 땅에 이 지구촌에 새 희망을 갖고 3대 성좌가 탄생한다네.
　영롱한 아침 이슬이 지구촌 동방의 나라에서 반짝인다네.
　한민족은 통일이 되고 지구촌도 하나가 되는 진리의 길을 깨달았다네.

　신☀의 은총이 온 누리에….

무명 시인 김봉득

✷ 마하반야 바라밀다 심경

불교의 경전 중 최고의 으뜸인 경전이고, 석가모니불 깨달음의 최고 경전이며, 한국어 해설문을 읽어 보았다.

〈다섯 가지 문〉

물질이 허공과 다르지 않고
허공이 물질과 다르지 않다.
물질이 곧 허공이고
허공이 곧 물질이며
감각, 지각, 경험, 인식도 또한 그러하다.

모든 현실이 공한 이 실상은
나는 것도 아니고 없어지는 것도 아니며
더러운 것도 아니고 깨끗한 것도 아니며
주는 것도 아니고 받는 것도 아니다.

그러므로
공한 가운데 물질도 없고
감각, 지각, 경험, 인식도 없고
눈, 귀, 코, 혀, 몸, 생각도 없으며

빛깔과 모양, 소리, 향기, 맛, 닿는 것도 없다.

늙고 죽음도 없고
늙고 죽음 없앤 것까지도 없으며

괴로움의 번뇌 열반 수도도 없고
지혜도 없고
얻을 것도 없느니라.
얻을 것이 없기 때문에 마음에 걸림이 없고
걸림이 없으므로 두려움도 없다.

그러므로
알라 반야바라밀다는 크게
신비한 주문이고
가장 밝고 위 없이 드높은 주문이다.

동등함이 없는 보편 주문이며
온갖 괴로운 번뇌 망상을 없애주는 주문이며
진실하여 허망하지 않느니라.

이에 반야 바라밀다를 말하느니라.

"아제 아제 바라아제 바라승아제 모지 사바하!"
(세 번 주문)

* 옴 마니 반메 훔

옴: 하늘과 세상
마: 공기, 물, 빛
니: 인간, 사람
반: 축생
메: 아귀
훔: '지옥'이라는 뜻이며
(위 경전을 세 번 (외움) 주문함으로 위대한 공덕을 성취하다)라는 뜻.

2019년 6월 19일 수요일, 낮 맑음, 밤 비 옴

나는 위의 불경 석가모니님의 '마하반야바라밀다심경'을 이미 깨달아 있는 나를 보며 예수님의 성경 제1조 1항 "원수를 사랑하라!" 그 외 성경도 읽어보지는 않았지만 두 성좌님의 영혼의 세계를 내가 깨닫고 있음에 신비했다.

여기에 내가 깨달았다는 것은
석가모니님의 깨달음
"물질이 허공과 다르지 않고 허공이 물질과 다르지 않다."
마하반야 바라밀다 심경의 깨달음의

〈나의 해석〉
나는 실제로 두 번을 죽어봤기에 저승의 세계를 깨달았는데 석가모니님은 죽음에 가보지 않고서 어떻게 이런 깨달음을 얻었을까 싶다,

우주 세상의 공전의 원리를 깨달으면
'허공이 곧 물질이며 물질이 곧 허공임을 깨닫게 되며'
우주 세상 전체를

① 석가모니님은 하나의 부처로 깨달은 것이고,
② 예수님은 높은 하늘에 계신 하나의 영혼, 하나님이 통괄하심을
　　깨우치셨고,
③ 장용득은 우주 세상이 보이는 것은 현실의 실물이고 보이지 않으면
　　서 영원히 우주 세상이 있음은 우리의 육체와 영혼(생각)이 있음을
　　확실히 알 듯이 우주 세상의 영혼은 곧 신☀임을 깨달은 것이다.

　우주 세상은 영원히 존재하고, 우주 세상의 (생각) 영혼이 신☀임을 깨
달으면 '마하반야 바라밀다 심경'은 신비하게 이해하게 됨을 설하노라.

　예수님의 ♣가 ♡에서 왜? ☀ 빛이 나고 교회마다 교회 높은 곳에 위
치해 있음을 깨달아라.

　나의 해설

2019년 4월 20일 토요일, 맑음

아내 혼자 서울로 볼일 보러 간 후 나는 또 작은 일을 저지른다.
　속초에서 대진 버스를 타고 대진 등대를 구경하고 길거리에 작은 꽃
을 한 박스를 사고 버스 정류장을 못 찾아서 헤매고 있는데 자가용 한
대가 내 앞에 멈추더니 나를 태워준다.

그 차는 교성교회 목사님이시고, 이곳에 살고 있는 분이 아닌 것 같고, 무거운 짐인 것 같아 조금이라도 도움을 주고 싶어서란다.

나는 감사를 표하고 차 안에서 멋쩍게 있는 것보다 질문을 했다.
목사님, +자가는 예수님을, 생사람을 +자가에 못을 박아 골고다 공동묘지에 세워 죽게 한, 쉽게 말하면 악마같이 징그러운 것을 교회마다 앞에 높은 곳에 밤이면 등불도 켜고 예수님 안식처같이 받들고 숭배하는 뜻은 무엇입니까?

목사님의 대답은, 예수님의 고통과 아픔은 만인의 아픈 고통을 대신 받는 것으로 그 아픔의 고통을 기억하기 위함이고, 3일 만에 부활하셨다고만 말했다.

나의 뜻은 다르다.
신☀의 원리는 상대성이론으로
"원수를 사랑하라!"
원수는 악이고, 예수님은 우주 세상을 사랑하셨고 어린 한 마리의 양도 구원하신 분이다.

만약에 +자가에 못 박혀 죽음에 가고 원수를 사랑하라는 말씀이 없고, "내 원수를 갚아다오! 유다 악마를 찾아 못을 박아 죽여라."라고 했다면 과연 예수님이 성좌의 최고 인간의 반열에 올랐을까요?

인간에게 최고의 악마는 핵무기입니다.

일본의 히로시마 원자폭탄의 처참한 악마의 폭탄.

구소련 현 러시아 체르노빌 원전 사고의 참혹상.
어느 한 철학자는,

핵무기는?
인간의 육체를 처참히 태우며 갈아 먹고 영혼마저 갈아 먹으려 든다.
만약에 현재 지구촌에 전쟁이 나서 핵무기 싸움을 한다면 아마도 지구촌은 10만 년은 핵무기의 암균에 인간의 썩은 냄새가 지구촌을 더럽게 할 것이다.

속초의 밤, 나는 미시령로 현대아파트 14층에서 베란다 창문을 열고 속초의 밤하늘과 청초호반 주위의 형형색색 화려한 조명의 빛을 보고 사람들이 개미같이 일해서 일구어 놓은 건물들을 보며 이런 생각을 한다.

저 찬란한 형형색색의 조명 불빛들이 원자의 분석은 핵인데 핵의 악마를 인간들이 사람들이 잘 연구 노력해서 좋은 쪽으로 활용하면 저렇게 좋은 것인데

속초의 밤 시내의 저 많은 집집마다 악인도 있고 지식인도 있고, 그속에 지혜자들이 건축을 설계하고, 노동자들이 집을 짓는, 그래서 함께 굴러가야만 하는 세상 원리.

그 또한 신 ✧ 의 원칙임을 깨달으면 '어찌' 인간 사는 세상 또한 아름답다 하지 않으리오.

만약 인간 또한 지혜가 낮은 악 쪽의 사람이라고 한들 그들이 없었다면 속초의 밤도 어둠 속에 묻혀 있을 것이 뻔하오.

예수님의 +자가는 불교에 연못 속의 진흙땅 악마에서도 연의 씨앗은 뿌리는 진흙땅의 악마의 영양분을 먹고 자라서도 어느 날 연못 위에 세상에 순수하고 찬연한 연꽃을 피운 뜻과 똑같은 이론이겠지요.

연꽃의 뜻은 똑같은 음식을 먹어도 닭이 먹으면 닭이 되고, 소가 먹으면 소가 되고, 개가 먹으면 개가 되고, 사람이 먹으면 사람이 되는 것이듯

연꽃의 순수하고 찬연함은 물밑 진흙땅 악마의 영양분을 먹고 자라서도 연꽃으로 세상에 연못 위에 피어 있음이고,
연꽃은 꽃으로 찬연히 피워 올려준 진흙땅의 악마에게 진실로 고마움을 세상에 알리려고
오늘도 예수님의 +자가는 교회에서 반짝입니다.

불교에서는 음력 4월 8일 석가모니 탄신일에 진흙땅의 악마를 먹고 자란 연꽃 피움의 소원 성취의 연등불이 밝혀집니다.

1992년 연세대학교 앞 굴다리 아래서 내가 5대 성인군자로 자칭하며 피켓을 들고 길거리에 섰을 때 그때는 나에게 악이 나의 스승님이었습니다.

지금은
악은 밤하늘의 반딧불 ✧ 입니다.

2020년 3월 31일 화요일, 맑음

TV조선 저녁 9시 뉴스 앵커 브리핑에서

교황 1세에게 저격의 총을 쏘았다.
교황은 총을 맞고 쓰러졌다.
총알이 심장을 조금 빗나갔다.

교황은 수술을 했고, 병원 치료가 끝나고 퇴원하면서
제일 먼저 가자고 한 곳이 총을 쏜 젊은이가 갇혀 있는 교도소였다.

교황은 그를 용서했고,
그 젊은이는 평생을 죽음 후에도 영혼도 교황 1세를
존경했을 것이다.

예수님보다는 약했지만
한 시대에 이것이 인간이다, 하는 모습을 보여준 것 같다.

과연 그렇게 할 수 있을까.
오늘날 과학이 유리알처럼 밝고 맑은 세상에
사는 것 같아

나는 세상의 만물을 악도 사랑할 수 있는데
과연, 병원에서 퇴원할 때 집이 아닌 교도소로 먼저 가자고 하는
지혜가 떠오를까.

나를 죽이려고 총알이 박히게 한 젊은이에게
나는 젊은이를 사랑한다.
젊은이도 언젠가 세상을 사랑하기를 바라며
주님의 이름으로 영원하신 하나님께 기도드리겠다고,
성좌인 나도 할 수 있을까.

1992년 성인군자의 도전 때는 악마가 나의 스승님이었는데
요즘, 성좌의 도전에는 TV 방송국이 나의 스승이더이다.
해서, TV를 보며 한민족의 미래를 위하여 나의 지혜를 시험해본다.

장대호와
그 외 흉악범에 대하여

2019년 8월 22일 목요일, 맑음

요즘 TV에 나오는 흉악범 살인마 이춘재, 고유정, 장대호, 이영학, 안인득 등 살인마 시체 훼손 참으로 끔찍한 살인마들이다.

한 사람의 생명을 죽였다면 죽인 사람도 마땅히 죽어야 공평하지 않을까?

사람을 죽이는 것은 한 번 살인이요, 시체를 잔인하게 유기하는 것은 두 번 살인인데, 그들이 무기징역을 받고 모범 생활로 사회에 환원할 꼼수를 쓴다면 세 번 살인자가 되는데요, "판사님 어떡하실래요?"

이춘재, 고유정은 아직도 자기 양심을 속이고 세상을 능멸하고 신✧은 알고 있음인데 저들은 신✧을 개코나 없는 줄 알고 있으니 판사님, 어떡한대요?

불교의 석가모니님, 하나님의 교회 예수님, 성좌 분께서는 지구촌에는 사형 제도를 없어야 한다고 말합니다.

그 이유는?

죽음 후에도 영혼이 있고 죄를 지은 것을 중생(현실)에 있을 때 닦아야 된다. 자기가 지은 죄는 중생에서 닦으면 1:1이면 되지만 저승으로 가면 세 배가 추가되기 때문이다.

죄악이 추가되면 다음 생애에 더 큰 악으로 우주 세상 영혼의 세상이 더럽게 되기 때문이다.

세상이 더럽게 되면 지구촌은 더 아픔 고통의 죽임에 처할 것을 성좌님은 알고 있기 때문이다.

그래서 지옥과 천당을 말씀하셨고, 인과응보요 자업자득으로 중생의 이승에서 죄를 업보로 닦고 죽어야 다음 생애에 새 희망의 새싹으로 움터 옴을 확실히 알기 때문에 사형 제도를 없애자는 것이다.

조금이라도 더 (이승) 중생에서 죄를 닦고 업보를 닦고 암흑의 죽음 저승에 가자는 것이다.

나는 어릴 때 형님을 따라 시네마 영화관에서 영화 한 편을 보았는데 〈미션〉 영화였다.

흉악범 한 살인자가 교도소 생활을 마치고 난 후에도 어느 한 선교사님을 따라다니며 아픔과 고통으로 좋은 일을 선을 위하여 평생을 도를 닦아가는 모습에 나는 눈물을 흘렸다.

인간의 사람 여러분!
법을 집행하는 검사, 판사님!
〈미션〉에 나오는 이런 살인자 흉악범을 인류의 미래를 위한다면 사형을 집행해야 합니까? 집행하지 말아야 합니까?

요즘 TV에 자주 나오는 살인자 흉악범 세 명만 나의 생각을 판단해 보겠습니다.

이춘재, 고유정은 아직도 거짓으로 세상을 우롱하고 있음이 나의 눈에 보인다.

하나님의 교회에 '고해성사'가 있는데 진실하게 자기 양심을 걸고 검사, 판사님 앞에 '고해성사'를 했는가.

이 차에 이 나라 현재 모든 변호사님들에게 한마디 하겠습니다.

피고인이 무조건 모른다, 기억나지 않는다, 오리발 내밀고 권력과 돈으로 해결하려 하는 것이 지식인님들 눈에는 보이는데도 변호사님은 자기가 맡은 피고인은 어떻게 해서라도 무죄와 형을 감할 수만 있다면 최고로 잘하는 변호사로 어깨 힘주는 이 현실에 국민들은 짜증이 나고 스트레스 받고 사회를 나라를 불신하는 오늘의 현실입니다.

국민들을 위하는 법을 만들려면 만약 거짓말이나 오리발 법을 만들어서 거짓말이 들통나면 거짓말에 대한 형량을 1/3 추가하겠다고 법을 만들면 거짓이 없어지고 진정한 법 다툼으로 진보될 것입니다.

국민들은 진실이 사회와 세상에 아름다운 꽃을 피울 때 거짓이 줄어드는 사회와 세상이 미래의 희망이겠지요.

흉악범 살인자 장대호는 이런 말을 했다.

모텔의 종업원이었던 장대호에게 모텔에 투숙한 양아치 새끼 같은 자가 종업원이라고 무시하고 손찌검을 하며 한 번도 아니고 여러 번 그러할 때 장대호는 저 새끼 죽여 버리고 싶은 심정이 몇 번 일어나고 결국 양아치 새끼를 죽이게 됐다고 말했다.

그때의 감정이 풀리지 않은 상태에서 '기자'의 질문이 왜 그렇게 잔인하게 죽였느냐, 시체 유기를 했느냐, 죽은 사람과 그의 가족에게 사죄할 말이 없느냐고 할 때 장대호는 고개도 숙이지 않고 내가 사람을 죽였으니 나를 사형시켜 달라고 말하며 저승에 가서도 '양아치 새끼'가 나에게 또 그러면 너는 나에게 또 죽을 줄 알아라.

여기에 대한민국의 모든 지식인님, 사건 파일 심리학 대학교수님, 검사, 판사님 모두가 한결같이 흉악범 장대호는 한 치의 뉘우침도 없고 고개도 숙이지 않고 뻔뻔함이 최고 형벌 사형에 처한다고 했다.

나의 생각은 이춘재와 고유정은 거짓 진술로 우기고 오리발로 무기징역을 받고, 장대호는 흉악범으로 폭발할 그 심정을 그대로 말했는데 ~~~요?

나는 흉악범 장대호에게 나의 글 나의 이야기를 들려주고 싶다,

2000년도쯤 내가 영등포에서 장사를 할 때 영등포 시장 주변에 건달 양아치 새끼들이 나에게 한 행동들이다. 나의 책 1권 54페이지에 실려 있는 것도 읽어봐 주면 좋을 테고, 그 외 또 한 가지를 보자.

나의 영업은 콜라텍 겸 식당에 술을 파는 일이었고, 영등포 시장 주

변의 양아치 새끼들이 영업을 방해하며 돈을 뜯어갔다.

어느 날 영등포 시장 주변에 이름이 알려진 양아치 새끼가 자기 말을 고분고분 듣지 않는다고
"너, 여기 영등포에서 장사하고 싶어, 못 하고 싶어? 너 이 새끼, 너 무릎 꿇어." 했다. 나는 맨 바닥에 무릎을 꿇었다.

나는 고개를 숙이고 침묵으로 있었고 그자는 구둣발로 툭툭 차며 나의 대가리를 이리저리 쥐어박을 때 정말이지 저런 놈 하나 죽이고 나 죽으면, 머리 좋은 내가 무슨 수를 써서라도
네깟 놈 확실히 죽이고 나는 뒤에 죽을 수 있어. 그러면 내가 승리하지만 제깟 놈 양아치 새끼 하나와 내 목숨을 맞바꾼다면 이 세상에서 내가 훨씬 손해겠지.
그렇다. 어떤 수모를 당해도 참자. 내가 죽으면 내 가족은 또 얼마나 원통하며 울부짖을까.

내 영업을 하려면 간, 쓸개 다 빼놓고 장사해야 된다고 말하지 않았나?
나는 "한 번만 용서해 주십시오." 하고 빌었다.
나는 잘못한 것이 단 한 개도 없는데 말이다.

그렇다. 살인마는 악이니까 나를 죽일 수 있지만 나는 착하고 선이니까 살인마를 죽이지 않는다. 죽고 살고는 나의 운명이고, 영생을 깨달으면 죽음 또한 신 ✧ 의 뜻이다.

오늘의 어떠한 어려움과 아픔도 참고 견디면 또 좋은 날도 오겠지.

흉악범 장대호에게!

하루라도 살아 있는 동안 진실하고 죄의 어떤 벌도 받고 선의 업을 닦아 나가라.

무명 시인 김명득

장경동 목사님과
전광훈 목사님에 대하여

2019년 10월 9일 수요일, 맑음

장경동 목사님은 TV 동치미에 출연하면 지혜로운 유머와 재치로 국민들에게 웃음을 주는 꽤 유명하신 분이다.

"하시는 말씀이"
북한을 비방하고 현 정부를 끌어내리려는 친구 목사가 끌고 들어가는 바람에 동치미 TV 출연이 잘렸다는 것이다.
살아 있는 권력의 칼날 앞에 하루아침에 추풍낙엽이 되었다는 것이다.

그는 10월 9일 광화문광장 조국 사태 데모에 단상에 올라와서 목에 핏대를 있는 대로 올리며 이렇게 말씀하셨다.

"만약에 북한에서 총칼을 들고 우리 자유민주주의 국가에 처들어와서 나와 우리 가족에게 총칼로 죽이려고 달려들면 여러분 같으면 예, 어서 오십시오, 라고 할 수 있습니까?"

예수님 말씀같이 "원수를 사랑하라"는 성경만 읽고 있겠습니까?
내 가족을 죽이려 하고 나를 죽이려고 달려들면 나도 저들을 죽여야지요.

최소한 너 죽고 나 죽자고 달려들면 북한 인구 이천오백만 명, 남한 인구 오천만 명인데

너 죽고 나 죽고 1:1로 죽으면 한반도에 이천오백만 명은 남아서 자유 민주주의로 살아갈 수 있지 않겠습니까?

나의 의견!

장경동 목사님, 왜 목자의 길을 선택했습니까?

이천오백만 명 + 이천오백만 명이 죽음에 장경동 목사님의 가족이 모두 들어가 있대도 이 길을 선택하시겠습니까? 아니면 오천만 명은 죽어도 괜찮고 장 목사님과 가족들은 살아 있는 이천오백만 명에 속해 있겠다는 것입니까?

결혼을 해서 가족들과 아웅다웅 살아보겠다고 막노동을 하는 사람도 이런 엉터리 진리의 길은 가지 않습니다.

선구자 선도자 목사 스님의 길은 진리의 길을 가며 덜 깨달은 사람들을 진실하게 가르쳐야 하는 자리입니다.

인간은 한 치 앞의 세상을 모르는 것이다.
죽고 살고는 신☀의 뜻이고,
모든 것은 나의 운명이다,

군자는 운명을 피해 가려고 무속인 무당을 찾아가는 것이 아니고 다가온 운명을 이겨내는 것이다.

불이 나면 지혜가 없는 자는 놀라서 도망갈 생각이 먼저 들고 지혜

가 있는 자는 불 끄는 소화기가 어디 있나 찾고 119로 신고부터 한다.

물의 사고 또한 그러하고, 모든 사고도 그러하다.

주인의식, 성직자도 진리의 길을 가야 한다.

지혜란 깨달음의 단계가 높은 사람일수록 좋은 지혜가 나오는 것.

사람들이여! 깨달아 가자.

인간이 모를 내일을 너무 걱정하지 말고

오늘의 나의 일에 최선을 다하라.

전생(과거) 중생(현재) 영생(미래)을 깨달으면

인생의 삶 속에 죽음이 있듯이

죽음 속에도 생명의 움터 옴이 있다는 것을 깨달으면

세상은 희망일 것입니다.

전광훈 목사님에게 '감히' 나의 의견 시험해 봅니다.

"하나님! 너 똑바로 해. 내가 가만 안 둘 거야. 나에게 죽을 줄 알아!"

물론 내면의 다른 깊은 뜻은 있겠지만 목사님으로서 네 편 내 편을 가르고 입에 담지 못할 막말을 하는 것이 무엇입니까?

질문 2

현실 오늘날에도 우주 세상 높은 곳 하나님의 영혼이 살아 있다고 생각을 하고 계십니까?

박근혜 전 대통령님이 헌법재판소에서 현직 대통령 직위를 파면한다고 내린 역사에 부끄러움이 된 것이 세월호 사건 때문이 아닙니다.

국정농단도 헌법재판소의 유명하신 변호사님들이 역대 이 나라 대통령님들의 비리를 캐고 따졌으면 임기는 채울 수 있었을 것입니다.

파면당한 이유는 대한민국의 헌법을 인정하지 않고 무시했기 때문입니다.

국회에 분명히 저희 편인 김무성 의원님, 유승민 의원님 등등이 탄핵표를 던졌기 때문에 국회에서 통과가 되고 헌법소원이 나오기 전에 국회 저희 편도 좌파 헌법재판소도 좌파 대한민국 헌법을 무시했기 때문에 현직 대통령 직위를 파면한다고 분명히 말했습니다.

문재인 대통령님이 처음엔 모든 정치를 너무 잘했고, 국민지지 82%까지 갈 때 저도 찬성을 하고 문재인 대통령님을 존경했습니다.

그런데 2019년 9월부터 10월 조국 사태 때부터 진실이 보이지 않고 거짓과 자기 편 감사기로 독선의 길을 가려는 것이 보이고 공수처 법과 위성 정당을 만들어 국회에 강압으로 통과시키면서 사법부를 행정부 아래에 두려고 하는 독재의 낌새가 느껴져서 나 자신 스스로 놀랐습니다.

삼권분립의 대한민국은 자유민주주의의 자유가 너무 소중함을 알기 때문입니다.

2019년 10월 3일 개천절 날

내 평생 처음으로 광화문 광장에 조국 퇴진 피켓을 들고 아내와 참석을 했습니다.

질문 3
지금 전광훈 목사님의 주장같이 현직 대통령님을 헌법을 무시하고 강제로 끌어내려질 것도 아니지만 강제로 끌어내린다면 이것은 대한민국의 헌법이 죽임인데 그리고 만약에 전광훈 씨가 대통령이 되었다면, 아니면 누가 되었든

콩 심은 데 콩 나고 팥 심은 데 팥 나는 것을 대한민국 국민들은 다 알고 있는데요.

물론 행여나 문재인 정부가 좌파로 북한에 남한을 소속시키고 문재인 편은 북한의 지령을 받는 만고 땡으로 평생토록 호의호식하고, 남한의 우리 손자 손녀 후손들은 자유를 잃은 외기러기가 되어 핍박받을까 봐 결사 투쟁한다, 이렇게 말씀을 하시겠지만 이것은 공상이고 네 편 내 편 가르는 것이고, 헌법을 무시하고 결사 투쟁하는 것은 바람직하지 않다는 것입니다.

헌법을 무시하고 '쿠데타'가 일어나는 것은 역사에 보면 명분이 분명하게 국민들이 인정할 때입니다.

아직은 아닌 것 같습니다. 이것은 아닌 것 같습니다.

나의 이런 생각이 틀린 것 같으면 요즘 TV 방송국에 나오는 이 나라 지식인님 13인에게 물어보고 전광훈 목사님이 지금 가고 있는 길이 진리가 아니다 싶으면 그 길은 아닌 것입니다.

　　전광훈 목사님!
　　진정 진리의 길을 가시길 바랍니다.

무명 시인 김병득

초록 논문에
대하여

2019년 12월 23일, TV

오늘날 온갖 대학 입시 비리 중에 딱 한 가지만 이야기해 보겠다.

조국 님 따님의 공주대학교 초록논문 상장의 부실에 대하여 공주대
학교 모 교수님의 평이 가관이다.

위 학생은 초록 논문의 신청자로 본 대학 모 교수님의 연구실에 며칠
을 다니면서 연구실에 있는 선인장에 물을 너무 자주 많이 주었더니 선
인장이 일찍 사망하여 안쓰러웠다.

공주대학교 모 교수님의 답변 '왈!'

선인장이 일찍 사망하는 원인이 물을 너무 자주 많이 주어서 그러함
을 알았으니 그 또한 유용한 원인이라 판단되어서 공주대학교 총장 명
의로 초록 상장을 수여함(이상)?

나의 상식으로선 이것이 대한민국의 4년제 대학에 들어갈 논문이고,
그것도 서울에 있는 명문대로 들어갈 '대학 수시 모집'의 서류라 하네요.

저는 학벌이 초등학교 졸업이 전부이지만 그래서 대학교를 졸업한 사람들이 부러웠고 나보다는 무엇이든지, 모든 것이 낫다고 인정을 했는데

이것이 무슨 초록 논문인지 '주 가랑이인지!'
나는 웃어야 하남요, 울어야 하남요? ~잉!

박근혜 전 대통령님에
대하여

2017년 3월 00일

대한민국 현직 대통령 박근혜를 파면한다.
헌법재판소 이정미 소장

이것이 대한민국의 자유민주주의의 산 역사이고 표본이다.
현직 대통령을 강압이 아닌 헌법에 명시된 대로 파면할 수 있음의 본보기이다.

대한민국 초대 대통령 이승만 님.
지금 돌이켜보면, 북한의 김일성 수령님은 가까운 대국, 중국 소련(러시아) 공산당과 손을 잡고 한반도를 새로이 세우려 했고,

남한의 이승만 님은 멀더라도 자유민주주의를 바탕으로 해서 새로운 나라를 만들려 한 것이 6·25 사변이 일어나고 오늘에 이르렀습니다.

아직도 중국과 러시아(구소련)와 북한은 사회주의로 독재에 가까운 나라를 역사해 가고 있고 대한민국은 자유민주주의로 자리 잡아가고 있음에 국민(민초)의 한 사람으로서 정말 감사와 존경을 드립니다.

하지만 이승만 초대 대통령님의 비참한 최후의 패망은 본인도 잘 알고 있고, 대한민국의 역사에 오점을 남기는 돌이킬 수 없는 역사임을 통찰하시겠지만 역사의 지구촌의 역사도 미국의 대통령 링컨은 역사에 참 진리로 빛날 것이고, 독일의 히틀러는 악마의 통치자로 역사의 심판을 영원히 받을 것입니다.

이승만 대통령님의 오점.
부통령 이기붕, 똥오줌 받는 요강 단지가 금으로 되어 있다는 (유언비어) 헛소문이 나돌 정도로 정부는 부정부패와 깡패를 동원한 독재로 자유민주주의 원본을 짓밟고 대통령 마음대로 통치자의 욕망 욕심 때문에 결국 역사 앞에 오욕의 이름을 남기고 말았습니다.

자유민주주의의 대한민국은 이런 오욕을 거울로 나 자신을 보고 나쁜 짓은 하지 말고 새로운 미래의 지도자가 대통령이 되어야 하는데 박정희 5·16 군부 출신 대통령님도 초대 대통령 이승만 님과 똑같은 부정부패와 독재로 철학적인 자유민주주의를 짓밟고 욕망, 욕심으로 3선 개헌이란 개 같은 법으로 통치, 대통령을 하다가 자기 직속 부하 중앙정보부장 김재규의 총에 맞고 죽었다.

참으로 애통하고 비통한 일이다.

대통령님은 하늘에서 내린 사람이라고 했고, 세상 지구촌 인간의 역사에 참 진리로 이름과 가문을 남기느냐, 아니면 보통, 나쁘면 악인으로 남기느냐의 신☀의 시험이다.

아뿔싸!

이 민족에 두 분의 대통령님은 역사에 욕망과 욕심 때문에 철학적인 자유민주주의를 짓밟은 죄로 패했다.

박정희 대통령님의 3선 개헌 때 나는 군대 일병으로 반대표를 찍었다고 그날 저녁 궁둥이가 밤탱이 되도록 '빠따'를 맞았다.

나야 뭐 민초 일병 풀잎 하나 떨궈서 바람에 날려가서 없어지면 그만이지만 두 분 대통령님은 너무 행운의 기회를 패망시킨 것 같아 내가 아쉽다.

박정희 대통령님은 이 나라의 가난에서 부국으로 끌어올리는 고속도로를 과감히 시작하고, 헐벗은 민둥산에 나무를 심고 새마을의 깃발로 힘차게 경제 발전을 일구시고, 월남 파병에서도 강제 모집이 아니고 돈을 많이 벌고 싶은 자는 지원하라고 민주주의 방식으로 모집해서 월남으로 보내고, 갔다 오면 집도 싸고 논밭도 싸는 것을 확실히 그러했다.

3선 개헌만 하지 않고 욕심과 욕망을 부리지 않고 민으로 돌려주었다면 박정희 대통령님은 비록 군사 쿠데타지만 명분이 있고 결과가 좋았다면 지구촌 인류의 본보기로 역사에 영원히 빛날 영광이고, 가문의 영광이고 나라의 영광일 텐데 '아뿔싸!' 패망이네요.

역대 대통령님의 발자취를 돌아보면 좋은 점과 잘못한 것들은 역사에 기록될 것이니 생략하고, 이 나라 대한민국에 첫 여성 대통령님이 당선될 때 나 역시 기쁨과 희망의 마음으로 가득 차 있었습니다. 미국의 전 대통령 케네디 가문같이 역시 우리나라도 대통령 가문의 유전자(DNA)가 있는 것이구나.

특히 이 민족의 산이, 어머니의 핏줄 같은 산정기로 맑은 물이 흐르는 나라에 첫 여성 대통령님이 탄생했으니 정말 박근혜 대통령님은 잘하실 것 같았습니다.

이번에 임기 5년 동안 하루하루 살얼음 위를 걷듯이 조심히 잘 건너시면 3선 개헌 독재의 악마의 영혼까지도 대통령에 당선된 따님이 씻어 내려줄 운명의 기회를 맞이했구나, 그렇게 생각을 했습니다.

처음엔 박근혜 대통령님의 정신은 달랐습니다. 너무나 잘했습니다.

경제 발전 등 외국에 국빈으로 나가시면 그 나라 언어로 대본을 내려다보지도 않고 줄줄 당당히 읽어 내려가는 모습에 내 나라의 대통령님이신 것에 자부심을 느꼈습니다.

북한의 침략! 천안함 사건, 백령도 포격사건, 비무장지대 목침 폭발사건 때 북한이 전쟁의 각오로 북한의 병력과 방사포 부대를 최전방에 배치하고 북한은 전쟁 일촉즉발 준비 비상사태에 들어갔고,

박근혜 대통령님도 청와대 벙커에서 선제공격은 하지 마라. 그러나 만약에 북한에서 총알 한 알이라도 날아오면 상부에서 지시를 하지 않아도 그 즉시 열 배를 퍼부어라. 대통령의 명령이다.

와~우! 우리 대통령님 멋쟁이 파이팅요.
박근혜 대통령님 역시 멋쟁이 파이팅이었습니다.

지금은 2020년 4월 4일 지구촌 전 세계로 퍼져 나가는 전염병균 코

로나19에 미국 트럼프 대통령님이 불안한 마음으로 이대로 코로나19가 퍼져 나간다면 지구촌의 재앙이고 세계전쟁 1차~2차 전쟁 때보다 더 많은 사람이 사망할 것 같다고 말했습니다.

세계 각 나라에서는 24시 통행금지령 나라들이 늘어나고, 각 나라마다 먹을거리 물품 사재기로 아수라장이 되지만 대한민국 국민들은 마트에 가서 사재기를 하지 않고 눈 하나 깜짝하지 않고 있는 것이 '바로' 이명박 전 대통령님과 박근혜 전 대통령님 시절에 북한에서 핵폭탄을 퍼부으면, 우리 군도 남한에 있는 폭탄을 북한으로 쏟아부으면, 북한 다 죽고 남한 다 죽으면 일본과 중국만 좋아질 것인데 그러니 한반도에는 전쟁은 일어나지 않는다는 것을 모든 국민이 다 알고 있고, 누구 좋으라고 전쟁을 일으켜서 내 민족 한민족 다 죽일 일은 지구촌 역사에는 없는 것을 두 분 전직 대통령님 시절에 마음의 예방접종을 맞았기 때문입니다.

사실이지, 노무현 전직 대통령 시절에도 북한이 전쟁을 일으킬까봐 벌벌 떨고 물건 사재기도 미리 하기도 했다는 것을 대한민국 국민은 인정할 것은 인정을 하고 나쁜 것은 나쁘다고 하는 것이 맞지 않나요?

최순실 국정농단 사건

청와대 직책도 없는 민간인이 박근혜 대통령님과 친하다는 이유로 몇 번은 구경도 하고 들락거렸다면 국민들은 이해를 했을 것입니다.

대한민국 대통령 박근혜님을 좌지우지하고 외국 연설문에도, 인사 정책도, 박근혜 대통령님의 재산 관리고, 최순실 손바닥 안에서 쥐락펴락

했다는 것에 국민들은 실망하고 원통했습니다. 우리 대통령님이 안타까운 것이 아니고 미웠습니다.

대통령님을 보좌해서 대한민국의 미래를 정책해야 할 이 나라의 최고 엘리트들이 최순실 나들이에 따라다니며 옷소매로 최순실 핸드폰이나 닦아서 올려 바치는 '한심이'들, "그게 뭡니까?"

국민들은 울화통이 터졌습니다.
그래서 광화문 촛불 집회가 형성되었습니다.

최순실 국정농단사건

① 박근혜 대통령님을 등에 업고 국정을 농단한 혐의
② 청와대 수석 보좌관님들을 자기 종 부리듯 한 혐의
③ 대한민국 최고 재벌들에게 대통령 박근혜를 빙자하여 돈을 내게
　　하고 겁박한 혐의
④ 스포츠재단을 설립하면 일 년에 수백억씩 평생토록 국가에서 나
　　오는 것을 착안하여 쥐새끼가 국가 곳간을 파먹으려 한 혐의
⑤ 따님 정유라 이화여대 부정 입학
　　그 외 등등 검찰 기소장 참조 바람.

위의 모든 사실에 현역 대통령님이 알게 모르게 공범이 되어 있다고 '해도' 세월호의 침몰사건도 본의 아닌 늑장 대응으로 더 큰 참변이 일어났다고 '하더라도' 대한민국의 헌법 자유민주주의는 대통령님을 강제로 끌어내릴 수 없습니다.

박근혜 대통령님이 파면당한 것은 2016년 4월 15일 총선에 국회의원을 뽑을 한나라당 공천 때 그때 첫 단추를 잘못 '꿰'었습니다.

최순실, 윤상현, 최경환 등 박근혜 대통령님과 협의 아래 자기들 의견에 반대하는 자는 무조건 목을 치라고 한 것이 원인이 된 것입니다.

자기편 한나라당 대표를 목을 치라고 윤상현 씨가 말한 것이 핸드폰에 녹음이 되고, 김무성 당 대표님은 당대표 도장을 감춰놓고 부산 영도다리 아래로 도망을 가고, 유승민 의원님은 애걸복걸 구원을 해도 결국 당에서 쫓겨나서 대구에서 무소속으로 당선이 되고….

결국은 한나라당에서 김무성, 유승민 파가 한나라당을 떠나서 박근혜 현직 대통령님의 탄핵에 동참했기 때문에 국회의원 2/3 찬성으로 헌법을 위반하지 않고 정상적으로 통과된 것입니다.

박근혜 대통령님은 정상적인 헌법 통과를 좌파 세력으로 몰아붙이며 날강도 빨갱이들이라고 몰아붙이며 국회의 통과를 무효라고 우겼습니다.

자유민주주의는 이것으로도 현직 대통령을 끌어내리지 못합니다.

헌법재판소의 논리의 설명과 판결이 남아 있습니다.

재판의 선고 날짜가 다가올수록 여론이 박근혜 대통령님에게 불리하니까 헌법재판소 판사님들도 좌파로 몰아붙이고 헌법재판소를 좌파 소굴로 몰아붙였습니다.

그러면서도 재판에서 탄핵을 기각한다고 나오면, "그것 봐라. 내가 큰 잘못이 없다는 것이 인정되었으니 헌법재판 판사는 민주주의 판사가 맞고요", 만약 파면이 결정되면 "거 봐요, 내가 뭐랬소. 나를 반대하는 판사든 사람은 모두 좌파임을 알겠죠?" 할 요량으로 조마조마하게 갔는데 결과는 대통령 박근혜를 파면한다고 선고가 떨어졌습니다.

이유인즉, 다른 사유는 잘잘못이 있으나 파면하게 된 동기는 "대한민국 헌법으로 탄생된 대통령이 대한민국 헌법을 좌파 빨갱이로 몰아붙인 죄, 대통령 박근혜를 파면한다."

대한민국 헌법재판소 소장 이정미 땅! 땅! 땅!

결국 청와대에서 쫓겨나서 지금도 감방에서 옥중 생활을 하고 있습니다.

대통령님의 변호사를 맡은 이 나라 최고의 변호사님들 참 한심합니데~이. 내가 변호사라면 최순실 국정농단 사건은 박근혜 대통령이 예전에 컷오프를 당해서 병원에 입원해 있을 때 간호해주고 위로해주어서 친해져서 청와대로 가끔씩 불러온 것이고,

이야기를 하다 보니 모든 것이 똑똑하고 국익을 위해 참고할 뜻은 받아들인 것이고, 정유라 이대 부정 입학은 이대 들어가는 줄만 알았지 대통령을 빙자해서 들어간 것은 모르는 일이고,

그 외 돈과 연관된 것은 전직 대통령님의 부정부패와 예를 들고, 세월호 사건은 어느 대통령이라도 젊은 학생들이 그렇게 죽었다는데 애

통하지 않는 사람이 있을까요? 어쩌다가 늦장 대처해진 데 대해 사죄드린다 하고,

헌법소원이 내려지는 대로 기각이 되면 마무리하는 마음으로 임기를 채우고 나라를 위하는 마음으로 내려올 것이고, 탄핵으로 선고가 되면 죄인의 부끄러움으로 바로 물러날 것이라고 했다면,

국민은 안타까운 마음으로 임기라도 채우기를 바랄 것이고, 탄핵이 되었어도 박근혜 전 대통령님은 영원히 이 나라에서 진정으로 나라를 위하여 정신이 깨어 있는 분으로 존경받았을 텐데~유!

어때유! 나 변호사 하면 안 되겠쥬~♡♡
일평생 103번 도전해서 103번 쫄딱 망한 쪼다예~유!

그린벨트 지역은 인간이 살아가는데 가장 중요한 것이 맑은 공기와 물인데 도시는 푸르고 맑은 물이 있어야 최상급임을 나는 알고 있다. 그래서 그린벨트 지역은 살려서 인간에게 푸르름과 맑은 물을 볼 수 있는 그림 같은 도회지를 꿈꾸어야 할 것이다.

(1) 서울 집값을 잡는 방법 2번
서울 근교 신도시를 건설할 때 필히 3가지의 조건을 두어야 한다.
① 명문고등학교와 명문대학교 하나라도 꼭 들어가야 한다. 강남 집
  값의 제1요인은 학군이기 때문이다.
② 문화공간이고 ③ 교통해결이다.

(2) 만약에 남북이 통일이 된다면

비무장지대(DMZ) 지역이 세계 유산이 될 것이고 땅이 남한 군사분계선 북한 군사분계선을 통일하면 국가가 투기지역을 억제하면 어마어마한 공기 좋고 물 맑은 곳에 요즘 건축 설계의 문화공이 만들어지면 서울 집값은 자동 똥값이 될 것이다.

(3) 인간 정신 문화가 깨어나야 한다

돈과 권력과 명예가 자랑이 아니라 사람이 깨달음이 몇 퍼센트인가 사람 됨됨이를 자랑하는 시대가 와야 한다. 곧 올 것이다.

모두가 내 탓이오.

박근혜 대통령님 시절에, 명동성당으로 미사를 갈 준비를 할 때 어느 기자분이 어떤 마음으로 성모 마리아님과 하나님에게 어떤 기도문을 준비하셨느냐고 물었다.

박근혜 대통령님은 그때
"모두가 내 탓이오!"

위 기도문을 드린다고 언론에 나올 때 저는 무신론자로서 '역시 우리 박근혜 대통령님은 어머니 육 여사님의 품격을 잃지 않으셨어. 마음이 한없이 넓으시고 이 나라 모든 백성을 보듬으시고 세상을 품에 안고 썩혀 새로운 봄에 새싹을 움트게 할 분이시구나.' 생각하며 무한히 존경했습니다.

나에게 닥쳐오는 모든 것은 나의 운명이요, 오늘 하루도 나에게 좋은 일이 다가오면 그것은 전생에 내가 착하고 좋은 일을 베풀었기 때문이고, 오늘 하루 나에게 나쁜 일이 일어나면 그것도 전생에 나의 나쁜 마음에서 오는 업보로서 중생에서 업을 잘 닦는 마음으로 일평생 살아가야지.

이 세상 모든 것은 내가 있음으로 알게 되었고, 내가 없으면 이 세상이 아무것도 없는 흔적도 없는 것인데 명예도 권력도 부귀영화도 지구촌에 인간이 이루어 놓은 저 화려한 빌딩도 불꽃축제도 한갓 바다에 하얗게 부서지는 파도 한 방울만도 못할 건데, 한낱! 청산 위에 뜬구름을 가   어 어찌 품에 안으려 하는지~요.

깨달아라! 우주 세상이 돌아가는 이치를 깨닫고 우주 세상 모든 기운, 빛, 영혼으로 우주 세상을 내 품에 안고 '쌱혀' 지구촌에 봄이 오면 꽃 피고 새들이 짝을 찾고 즐거워하는 희망이 새봄을 맞게 할 박근혜 대통령님인 줄 알았어~유!

모두가 내 탓이오!
이 말을 진정으로 그 뜻을 알면 그분은 인자하고 깨어난 사람일 거요. ~암!

소크라테스님 제자들은 소크라테스님에게 사형에서 잠시 이웃 나라로 피신해 있을 곳을 주선할 테니 피해 있을 것을 권하였다.

악법도 법이다. 이것이 내 운명이라면 죽음인들 받아들이는 것이 진리이다.
그래서 사약을 받고 죽음에 간 후, 인류의 역사는 소크라테스님을 4

대 성인군자의 반열에 올려놓았습니다.

예수님은 자기를 고발하고 +자가에 못을 박아 골고다 공동묘지에 세워서 까마귀 검은 독수리들이 뜯어 먹게 하라는 자들에게 하늘에 계신 주님이시여, 저 어린 양들이 아직은 철이 없어 세상을 모르고 하는 짓이오니, 차라리 저들을 대신해서 내가 벌을 받을 것이니, 저들에게는 저들이 스스로 죄를 뉘우치고 후회하며 새로운 희망의 삶에 길을 인도하소서.

원수를 사랑하라!

인류의 역사는 예수님을 인간 최고의 반열 성좌에 임명하셨습니다.

대통령의 자리도 하늘이 내린 사람이고, 대통령님의 잘하고 잘못한 것은 후일 미래에 곧 역사만이 심판하는 것입니다.

그 나라의 대통령님은 비록 네 편 내 편으로 당선이 되었지만 대통령으로 당선이 되면 바로 네 편 내 편이 없는, 그 나라의 대통령은 오직한 분이며, 내 편이 아닌 네 편을 더 잘 이끌어갈 때 역사는 훌륭한 대통령님으로 역사에 올릴 것입니다.

만약에 한쪽 자기편만 추앙받는 대통령이라면 역사는 어떻게 평할까요?

네 편 내 편을 다 내 편으로 만드는 방법은 한 정책을 놓고도 누가 지혜가 높고 진리로 가는 길의 안내이고, 정책인가로 판단케 하면 그것이

답입니다.

내 뜻과 잘 맞는 사람들과 함께 가는 것은 행복할지 모르나 이 세상은 내 뜻과 잘 맞지 않는 사람들과도 공존하며 함께 가는 사람은 역사에서 위대한 사람으로 평가합니다.

이것이 곧 자유민주주의의 철학입니다.

박근혜 지키기 태극기 부대원들.
조국 지키기 검찰청 촛불시위.
네 편 내 편, 이 나라의 젊은이들이여!
이것이 진정한 진리이고 정의입니까?
삼천리금수강산 동방의 나라에 독도에서 아침 해가 떠오르는 간밤에 내린 이슬이 풀잎 위에서 반짝이는 한민족의 혼은 영혼은 어디로 갔습니까?

박근혜 전 대통령님!
옥중에서 일평생 한을 곰삭히시며 여자의 나이에 힘겹도록 몸이 부치는 하루하루 감옥 속에 있음에 눈시울이 어립니다.

이제 청산 위에 뜬구름을 잡아 내 곁에 두려고 하지 마시고, 청산은 청산대로 구름은 잠시 머물다 또 흔적 없이 사라지는 것이 자연의 섭리임을 깨달으시고, 네 편 내 편이 없는 하나의 마음으로 세상을 지구촌을 우주를 보십시오.

운명이 정치를 또 하라고 하면 주어진 운명에 최선을 다하겠지만 그렇지 않으면 산천 좋고 물 좋고 바다에 파도가 치는 곳에서 조용히 세

상이 흐르는 모습 속에 내 운명이 함께 흘러감이 보이고 내 운명은 인
과응보로 자업자득으로

　오직 신✧만이 우주 세상 만물을 관리하고 나의 씨앗은 영혼 속에
서도 언젠가는 신✧의 빛을 받아 봄이 오면 희망의 새봄에 새싹으로
움터 옴을 깨달을 때 세상은 지구촌은 한민족의 대한민국은 참으로 아
름답게 보이는 것입니다.

　늘 건강 조심하시며 새 희망의 빛 함께하길….

무명 시인 김몽득

황교안 야당 한국당(미래통합당) 대표님에게

"문재인 하야! 조국 감옥!"이란 피켓을 하나 주워 들고 난생처음 광화문 데모에 아내와 10월 3일 날 참가를 했습니다.

저는 문재인 이 나라 대통령님이 남북통일도 하고, 국정에도 정말 잘 하시길 기원하는 한 사람의 민초입니다.

박근혜 전 대통령님에게도 초창기 때는 너무나 존엄하고 정말 이 나라와 이 민족을 위해 역사에 남을 인물인 줄 알았습니다.

이명박 전 대통령님도 이 나라 경제를 부강하게 만들었고, 특히 북한의 침략으로부터 단호히 대처하여 국민들이 그 전에 불안과 공포에서 벗어나 북한이 침략하거나 미사일이 날아오면 우리도 열 배 이상을 응징해서 남한이 초토화되면 북한도 처참한 완멸을 할 것이란 확신을 심어주었기에 남한이 코로나19 사태 때도 물품 사재기가 없는 세계에서 으뜸인 국민 수준이 되었음을 저는 인정합니다.

4대강 사업의 실패, 막대한 국가의 자산이 들어간 실패작입니다.

저는 그 내막의 깊이는 잘 모르나 이명박 전 대통령님은 오직 국가의 미래를 위해 더 멋있는 대한민국의 강토를 생각하고 그 위에 국민들이 자전거로 강 옆길을 달리고 국토의 강에 유람선이 가는 활기찬 국민을 생각하며 4대강 사업을 구상했다는 점에서 실패의 결과에 국가의 막대한 돈이 손실됨에 저는 좀 더 전문가와 연구를 해서 시작을 안 한 것에 참 안타깝지만 대통령이 하야하고 죽을죄를 지은 것은 아니라고 생각합니다.

자기 가족의 부귀영화를 위한 것이 아니기 때문입니다.

노무현 전 대통령님!

청문회 스타로 밤하늘에 반짝이는 별과 같이 어둠 속에 협박과 유혹과 공포에도 밤하늘에 별은 반짝이듯이 정의로움이 내 마음속에 느껴졌습니다.

김대중 전 대통령님도 군부정치 시절 일본으로 피신해 있을 때 밤에 납치해서 배에 태워 대한해협을 통과할 때 몸에 무거운 것을 달아서 밤에 바다에 빠뜨려라, 그것이 박정희 대통령 시대임을 알고 있습니다.

그때 마침 미군 헬기가 나타나서 불빛으로 모든 사실과 상황을 알고 있으니 이런 독재의 살인은 하지 말라고 경고를 해서 김대중 씨는 살았습니다.
그 후에 이 나라의 대통령이 되시고 노벨평화상 이 민족에 처음으로 노벨평화상을 수상하기까지 하늘이 도우지 않고서는 우찌 이런 일이, 기적이 일어날 수 있겠습니까?

김영삼 전 대통령님!

닭의 모가지를 비틀어도 비록 새벽이 옴을 국민들에게 알려주지 못해도 세상은 분명히 이 나라에도 새벽은 온다.

독재 경찰의 닭장차 속에 갇혀 감방으로 끌려가면서 참으로 이분 김영삼만큼 이 민족의 민주주의를 위해 독재에 맞서 투쟁한 열사가 어디 있겠습니까?

저는 군부가 쿠데타로 정권을 잡고 국민을 위한다는 명목으로 정치를 하고 대통령이 되는 것은 싫습니다.

군부의 쿠데타는?
정말 나라가 위태롭고 바람 앞에 촛불을 꺼지지 않게 지켜야 되겠다는 결심으로 역사에 재조명되어도 한 점 부끄러움이 없이 실패해서 죽음에 처형되더라도 떳떳하다는 정의로움이 있을 때 그 촛불이 바람에 꺼지지 않게 막아주고,

바람을 막는 동안은 국가위기 비상대책위원회를 꾸려 나라를 안정시키고 세월의 바람이 지나간 후에는 네 편 내 편이 없는 중립에서 정권을 민간인에게 돌려주고 초야에 묻혀 산들 역사에 남을 자기 자신이 아름답고 지구촌 세계 각 나라에서도 본을 보고 배우면 이것이 인간의 철학이고 인류의 역사에 참됨이 아닐까요?

나는 황교안 야당 한국당(미래통합당) 대표님에게 묻습니다.

네 편 내 편으로 나누어서 헌법을 무시하고 현재 현직 대통령님을 끌어내리고 보수당에서 정부의 대통령이 되어 국가를 위해 일하면 또 진

보당에서 보수당을 끌어내리려고 태극기 부대같이 매일 데모를 한다면 이 나라 이 민족은 앞으로 좋은 쪽의 길로 가질 것 같습니까? 나쁜 쪽으로 길을 가질 것 같습니까?

진정 이 나라의 미래를 위하는 길은 무엇일 것 같습니까?

나의 생각은 하나 되는 나라, 좋은 정책의 네 편 내 편이 없고 축구같이 혹은 세계 올림픽같이 누가 진실로 반칙 없이 진정 국민을 위한 정책과 실천으로 평가받는 국민은 그 당에 혹은 그 사람에게 한 표를 던지는 나라여야 할 것입니다.

자유민주주의는 좀 덜 깨어난 사람이 덜 깨어난 사람들이 숫자가 많아서 반수 이상 대통령에 당선이 되면 헌법에 따라 좀 못난 사람을 위한 정치를 해도 임기 5년이면 5년은 대통령을 하는 것입니다.

야당은 정치를 잘되게 보조 역할을 하면서 감시를 하고, 현 정부가 내놓은 정책이 마음에 안 들면 야당에서 회의를 하고 더 좋은 정책을 내어서 발표를 하고, 그때그때마다 상세히 기록을 해서 다음 선거 때 정부의 잘못들을 날짜별로 공표를 해서 국민들의 심판을 받는, 어느 당이 잘하는지 보여주는 정치를 해야 하지 않을까요?

야당으로서 사사건건 야외에 나가서 데모나 하고 대통령 하야를 외치면 이 나라 꼴이 뭐가 되겠습니까? 그것이 진정 국민을 위하고 이 나라를 위하는 것이라고 말하겠습니까?

이 나라 국민들은 새로운 봄이 오려고 새싹들이 겨울의 인고에서 움터 옴에 꿈틀거리는 것이 보였습니다.

TV조선 방송에서 미스트롯 진 송가인, 미스터트롯 진 임영웅을 스타로 제대로 뽑으면서 온 국민들에게 희망을 주었습니다.

정치인들의 거짓말에 짜증이 나고 코로나19를 견디느라 힘겨웠던 그때 이 민족의 한의 노래 트로트에 새로운 음색과 가창력에 웃고 가족들이 대화를 나눌 수 있는 감동을 주었습니다.

국민 모두가 심사위원이고, 전문 분야의 심사위원이 아니라도 80%는 확실히 누가 잘하고 누가 못하는 것을 판단하는 것을 보고 나는 깨달았습니다.

혼돈의 세상 정치판의 개판 블루스, 슬로우 퀵퀵, 슬로우 슬로우 퀵퀵의 제마다 춤을 춰도 국민들은 미스 미스터 트롯을 심판하듯 누구의 잘잘못인가를 확실히 알고 있다는 것을 보았습니다.

지금 정치인도 국민도 네 편 내 편을 하고 있는 것도 현실에 살아가는데 그나마 내 편 네 편에 붙어야 처자식 고생 덜 시키고 출세의 길이 빠르기 때문입니다.

세상은 거울같이 더 밝게 맑게 자기 양심이 보이는 세상이 도래하고 있고, 4차원 과학의 IT 시대가 인간의 눈이 되어 CCTV가 사람을 감시하고 있는 세상.

그것에 맞서려면 5차원의 깨달음의 진리가 나타나야 하는데….

사람들이여!

① 원수를 사랑하라. 예수님의 말씀을 깨달으면
② 모든 것이 인과응보요, 자업자득의 윤회를 깨달으면
③ 전생(과거) 중생(현재) 영생(미래) 죽음 후까지도 깨달으면
④ 나에게 오는 모든 것은 나의 운명이요,
신☀의 뜻임을 깨달으면
⑤ 모두가 '내 탓이요'를 확실히 깨달으면

나 하나가 깨어나야 내 가족, 내 주위, 내 나라, 내 지구촌, 내 우주
세상이 희망임을 알면
신☀의 빛은 영원하리라.

어젯밤 2020년 4월 8일(음력 3월 15일) 저녁 밤 8시 40분쯤, 속초 앞바
다 어둠 속에 핑크 슈퍼 보름달이 붉게 태양같이 떠올랐습니다.(저는 15
일에는 구름에 달을 못 보았고 다음 날 16일에 보았습니다.)

문재인 대통령님에
대하여

2019년 12월 18일, 수요일, 비 옴

촛불의 민심은 천심을 움직였고, 하늘은 문재인 대통령을 내렸습니다. 대통령은 하늘에서 낸 사람이라고 했습니다. 임기 후 자서전을 쓴다는 각오로 오직 국가와 국민을 위한 정치, 그리고 한민족의 염원 남북통일의 영웅이 되길 바랐습니다.

초창기에 문재인 대통령님 국민 지지율이 81% 이상, 조국사태 때 42%까지 하락하는, 공든 탑이 무너졌습니다.

내 책상 앞에 붙여둔 문재인 대통령님의 사진을 내렸습니다.

사람이 먼저다!
문재인

2019년 1월 18일 청와대 비서실에서 온 엽서였습니다.

사람이 사람답게 사는 나라.
군사정권의 독재에 맞서 고난의 길로 가면서도 울부짖는 참 민주주의.

참여연대의 서릿발 같은 명언들은 한낱 자기 치부를 위한 것이었습니까?

자기편을 위하고 상대를 누르는 것은 독재입니다.
독재는 이 민족의 통일보다 더 잔인하고 사람이 사람답게 살지 못하는 나라입니다.
자유민주주의는 철학이고, 신 ✦ 의 한 수입니다.

대한민국은 4·19 잔인한 젊은 학생들의 피를 뿌려 찾은 자유민주주의입니다. 독재의 핵무기가 이 땅을 쑥대밭을 만들고 천년은 죽음의 공포로 몰아넣어도 이 땅은 새싹이 자유민주주의로 돋아날 것임을 명심하고 세계 어느 나라도 이 땅에 이 민족 정신 영혼을 짓뭉개려 하지 마시길 바랍니다.

문재인 대통령님이 잘못한 정책 세 가지만 나의 생각으로 짚어보겠습니다.

(1) 적폐 청산

새로운 대통령에 당선되면 1년 동안은 전직 행정부의 큰 잘못을 밝혀내고 벌을 주고 전 정부의 잘못에 핍박당한 정의로운 사람을 찾아내어 상을 주는 것이 민주주의의 방식으로 알고 있다.

적폐 청산 때 박근혜 전직 대통령 및 최측근 비리까지만 손을 대야 하는데 이명박 전 대통령님까지 손을 댄 것이 나의 생각은 큰 실수를 한 것이라고 본다.

내 편이 충분하지 않은 상태에서 두 분의 전직 대통령을 교도소에 보내낸다는 것은 보호 장비 없이 왕벌집 두 개를 건드린 격이다.

이명박 전 대통령님은 처음에는 박근혜 전 대통령을 미워하고 문재인 대통령님 편에 있음이 확실하게 보였고, TV 방송에서도 밝혔다.

적의 장수 하나를 내 편으로 얻는다는 것은 나의 편 1/3을 더 얻은 것과 같다는 것을 놓친 것이다.

이명박 전 대통령에 따르는 현 정부 공무원과 각계각층의 사람들과 그 가족 그리고 소수의 국민일지라도 현 정부에 등을 돌린다면 언젠가는 '내로남불'로 인과응보로 돌아올 텐데 그것을 알지만 문재인 대통령님은 노무현 전 대통령님의 죽음에 원수를 갚겠다는 야망 때문에 이 나라를 네 편 내 편 싸우게 만들었습니다.

원수를 사랑하라! 예수님의 말씀을 거역했습니다.

내 뜻과 맞지 않는 사람들과도 잘 살아가는 사람은 위대한 사람이다.

박근혜를 따르는 사람들, 이명박을 따르는 사람들이 우울하니 이 나라는 침통하고 기분 좋게 맥주 한 잔, 밥 한 끼 먹을 기분이 아니니 이 나라 자영업은 장사가 될 리가 없겠지요.

(2) 부동산 정책과 노동법

장사의 신조 제1조 1항

물건이 귀하고 품절이면 값은 올라가고, 물건이 남아돌면 값은 떨어지는 것이다.

특히 아파트는 사람이라면 누구나 자기 집을 마련하고 싶은 것.
언젠가는 자기 집을 꼭 사야 하는 사람의 심리다.

장사 중에 가장 큰 이익을 얻고 '안전빵'인 부동산 장사가 부귀를 얻는 데 가장 으뜸이다.

우리나라도 그렇지만 세계의 각 나라도 부가 세금으로 경제가 돌아가고, 하나의 큰 나라 살림도 부가가치 세금으로 이루어진다.

장사의 신조 제2조 2항

부가가치세는 철학적이다.

지구도 돌고, 우주도 돌고, 돈도 돌고, 잘 돌아갈 수 있게 하는 나라가 국민의 행복 수준이 높아지고, 그러지 못한 나라는 자영업부터 장사가 안 되고, 장사가 안 되면 나라 세금이 적게 걷히고 그 나라는 결국 대통령을 갈아야 한다.

물론 아무리 어렵고 쪼들린 생활일지라도 헌법에 명시된 대통령 임기를 채우고 선거 때 부정이 없는 선거로 선택을 해야 한다.

문재인 정부는 위 두 가지 중요한 정책을 모두 실패했다.

임대주택 사업자 신고를 하면 종합 재산세도 경감해주고, 집 10채를 갖고 있는 사람도 8년 안에 집을 팔지 못하는 법이 잘못되었다.

제1조 1항: 물건을 귀하고 품절하게 만들었다.

제2조 2항: 집을 팔고 싸고 돌고 돌아야 부가 세금도 많이 걷히고 팔고, 돈이 남아야 맥주도 한 잔 먹고 밥 한 끼도 사주고 그래야 자영업도 잘되고 부가가치 세금도 많이 걷혀서 나라 살림도 넉넉하게 돌아가는 돈의 원리를 모르는 것이었다.

부가가치 세금의 원리란?

국민에게 세금을 크게 올려서 많이 받아내는 것이 아니고, 작게 매기고 여러 번 굴려서 세금이 많이 걷히는 것이다.

눈이 오면 아이들은 주먹만 한 눈을 굴리고 굴려서 큰 눈사람을 만들고, 엄마 눈사람, 아빠 눈사람도 만들고 옆에 아이의 눈사람도 만들어 행복한 가정을 살아가는 것이다.

현재 정부는 집을 팔 수도 없고, 집을 살 수도 없는 정책을 하고 있다. 집을 살 수 없는 것은 9억이 넘는 집은 은행 융자도 못 하고 집안의 도움도 못 받게 해 놓았다.

직장을 다녀서 어느 천년엔 이미 죽고 백골도 없어진 후일 것이다.

집을 팔 수 없는 제도는 앞서 말한 임대주택 사업자 신고 법과 팔면 양도 세금 40%~60%를 다가구에게 물린다고 하니 몇 억씩을 세금으로 횡 날아가버리니 팔아서 맥주도 한잔 먹고 보약도 좀 먹고 쪼들리지 않게 살고 싶은데 몇 억 어떻게 모을까요?

저의 좁은 생각엔 집 한 채 가지고 있는 사람은 몇 억 이하는 0 처리 이상은 재산 세금을 조금씩 올라가고, 두 채는 세금을 많이 올리고, 세 채는 '아예' 못 갖게 하고, 양도세를 많이 내리고 은행 융자도 투기가 아니면 담보 대출이니 나쁠 게 없지 않을까?

투기가 일어나지 않고 집값이 안정되려면 물량이 남아돌아야 하니 서울 주변의 농경지라도 풀어서 집을 많이 짓겠다고 하면 어떨까 하고 쪼잔한 생각을 해본다.

주 52시간 노동법과 노동자 임금 인상 문제입니다.
빈부 격차를 줄이기 위해서 노동자 임금 인상.
대학을 졸업하고도 실업자 백수들이 너무 많으니 주 52시간에 커트 시키면 똑같은 국민의 청년들 백수들이 현재 직장을 다니고 있는 일자리를 나눠서 하자고 하는 노동법.

참 좋은 발상이다. 일의 시간을 줄이고 여유도 있고 취미 생활도 하고 똑같은 국민이 일자리 나눠어서 하자는데 "웬 성화요?"

참 정부는 대한민국 국민의 절박한 심정을 너무 모른다. '하기야' 부모 잘 만나서 금수저로 태어나서 공부만 했으니 노동자의 심정을 어찌 알리오.

대한민국의 현재 노동자는 먹고살고, 아이들 학원비, 대학교까지, 내집 마련을 위한 알뜰함의 저축, 일주일에 한 번이라도 가족들과 야외 나들이와 외식비, 자가용 유지비, 양가 부모 용돈 등등.

하루 잠 4~5시간만 자고라도 직장에서 잔업을 해야 그나마 부모 용돈도 쪼끔 줄 수 있는 현 실정을 몰라도 한참 모른다. '그런데' 잔업 수당은 현행법으로선 엄두도 못 내고 기본 월급도 깎여서 나온다니 못사는 자는 더 죽어라 하니 억울하고 이게 무슨 법이래요~잉!

대한민국 경제 역사가 노동자 임금 인상을 해주고 나면 바로 뒤따르는 것이 모든 물가 인상이 따라오고, 공공요금 인상으로 항시 그러해 왔다. 앞에서는 노동자 임금 인상, 뒤에서는 몽둥이 들고 물가 인상으로 돈 뺏어가는 정책.

오늘이 2020년 4월 10일, 금요일, 전국 총선거 임시투표 하는 날.
4월 15일, 전국 국회의원님을 뽑는 총선거일인데, 대한민국 헌법을 바꿀 수 있는 국회의원을 뽑는 날인데, 여당과 야당에선 상대 당이 크게 잘못한 점을 조목조목 날짜별로 폭로하여 국민에게 알리고 한 표를 호소하는 것이 없고, 네 편 내 편만 따지는 모습이 안쓰럽다.

(3) 인사 정책 실패작이다

대통령에 당선이 되면 대한민국 국가를 위해 인사 정책을 해야 하는데 문재인 대통령님은 내 편만 모두 요직에 앉혔다.

대통령이 진정 대한민국을 위하고 역사에 그 이름이 빛나려면 내 뜻과 맞지 않는 사람과도 함께 잘 가는 사람이 위대한 사람이다.

진정 국가를 위한다면 각 분야에 전문인의 최고를 수장으로 모셔 와야 한다. 만약 내 편이 아니더라도 대통령이 사정 애원을 해서라도 대한민국을 위해서 함께 일하자고 하면 감동받지 않을 자는 없을 터인데 어찌 문재인 대통령님은 내 편만을 위하는 정치를 하는지 아리송합니다.

물론 함께 힘들게 이루어 놓은 촛불집회의 일등 공신이자 동지를 선택하는 것은 좋지만 촛불집회의 일등 공신은 국민입니다. 나부터도 집회에 한 번도 참석 못 했지만 마음은 촛불집회가 성공하길 애가 타도록 바랐으니까요.

한 사람의 마음이 국민의 마음이 되고, 국민의 마음이 천심을 움직였고, 하늘은 이 나라 이 민족 역사에 남을 문재인 대통령을 내리셨습니다.

해서, 죽음을 맹세한 동지일지라도 국가를 위하는 것이라면 네 편일지라도 그 분야에 전문가라면 수장으로 모셔 오고 그 수장 아래에 내 편을 넣어서 수장의 잘함을 배우는 마음을 가진다면 후일 정권이 바뀌어도 그 분야에 능력 있는 전문가로 수장이 되어 평생 국민들에게 존경받고 세계 각 나라에서도 존경과 찬사를 받을 철학적일 텐데 이것이 진정 네 편을 위하는 대통령님의 철학이어야 하지 않나요?

대통령님의 편에 수장이 되면 인간의 심리가 권력을 휘두르고 싶고, 이 차에 부도 좀 늘리고 싶고, 주위 사람들 앞에서 가오도 좀 잡고 싶고, 그러다가 인간의 존경심도 잃고 감방에 가게 만드는 것이 진정 내 편을, 내가 사랑하는 동지를 위하는 길입니까?

그래서 문재인 대통령님은 인사 정책에 실패했습니다.

문재인 대통령님이 잘한 일

2017년 12월, 한반도는 북미 핵전쟁 폭발 일촉 직전 세계의 긴장 속에 전운의 악귀가 머리를 풀고 바람에 휘날린다.

미국 트럼프 대통령님은 북한을 초토화시킬 군사 옵션을 짜서 보고하라고 미 국방부에 지시했고, 미국의 군사 옵션은 완벽하게 끝냈고, 여차하면 한국에 있는 미국인을 철수 혹은 일본으로 빼낼 준비도 마쳤다고 했다.

폼페이오 미 국무부 장관은 한반도에 무서운 먹구름이 몰려오고 있다고 했다. 그것은 한반도에 전쟁이 나면 핵전쟁이 될 것이고, 핵전쟁이 터지면 일본의 히로시마 원자폭탄의 100배가 한반도에 터지면 아~ 아~ 악~귀다.

3백 년은 피고름이 썩는 냄새에 아귀지옥이고, 천 년은 고통과 아픔에 삼천리금수강산은 저주의 땅이 될 것임을 이 민족은, 남과 북은 명심해야 할 것이다.

교황님은 한반도에 핵전쟁의 위험에서 이 위기를 무사히 넘어가게 해달라고 주 하나님에게 간절히 기도드린다고 했다.

청와대는 살상 탄저균 백신제를 청와대 직원 것만 구입했다고 했다.

북한은 북한을 건드리기만 하면 핵무기와 탄저균 살인 무기로 어느 나라든 초토화시키겠다고 만반의 준비를 다 해놓았다고 했다.

남한의 젊은 세대들은 전쟁이 얼마나 참혹하고 비극적인 줄 모르고 있다.

한반도에 전쟁이 나면 그것이 세계 3차 전쟁이 될 가능성이 크다.

북한은 중국과 러시아가 동맹이고, 남한은 미국이 동맹이면 영국과 프랑스군이 함께 오니 그 대국들의 핵무기가 한반도에 떨어지면 아~아 ~ 악귀 피고름이다.

누가 감히 이 비극적인 전쟁을 막을 것인가

나의 책 1권 111페이지에 '철없는 어린 나비'의 글에,

철없는 어린 나비가 바다에서 밀려오는 하얀 물갈기가 무꽃 배추꽃 밭인 줄 알고 끝없이 밀려오는 파도를 꽃밭으로 오인하고 날아가다가 지쳐서 꽃밭에 앉아서 쉬었다.

엄마 나비에게 어마어마하게 큰 꽃밭을 발견했다고 대륙을 발견한 콜럼버스같이 신비한 마음으로 쉬려고 꽃밭에 앉았는데 '앗!' 순간 꽃밭이 아니고 파도였음을 알고 간신히 날아올랐는데 '이미' 뭍으로 날아가기는 너무 멀고 죽음으로 바다에 떨어지려는 순간! 그때 바로 앞을 지

나가는 돛단배 한 척이 있었으니 그 돛단배가 바로 문재인 촛불의 대통령님이셨다. 평창 동계 올림픽을 돛단배를 만들어서 세계 평화 옵션으로 돛을 올렸다.

북한의 김정은 최고 통치자의 여동생 김여정을 친서를 들려 보냈고, 현송월 북한 최고 예술단과 김정남 부위원장 군부 최고 김영철 등을 축하 사절단으로 보냈고, 남산 해오름 공연장에서 북한 예술무대가 끝날 무렵 '우리의 소원은 통일'이란 노래를 합창하며 북한의 사절단과 남한의 모든 국민들도 함께 흐느껴 울었던 그 진실한 마음을 한민족은 잊어서는 안 될 사명이고 한의 명세임을 가슴에 간직하면 머지않아 남북이 통일이 꼭 될 것입니다.

이렇게 평창 동계 올림픽은 핵전쟁의 일촉즉발에서 문재인 대통령님이 낮은 자세로 촛불의 정부가 나라를 참혹에서 구했음을 야당에서도 온 국민은 잘한 것은 잘했다고 칭찬할 줄 알아야 잘못한 것을 지적할 때도 그 효과가 있는 법.

잘한 일도 잘못했다, 잘못한 것도 잘못했다고 하면 네 편 내 편 편 가르는 싸움밖에 안 될 것이 뻔하잖아요.

파란색 도보다리 위에서 남북의 정상회담

2018년 무술년 황금 개띠 해, 4월 27일 금요일

북한의 최고 영도자 김정은 위원장님과 남한의 대통령 문재인님의 판문점 남한 땅 자유의 집에서 정상회담.

김정은 위원장님의 통치의 위력으로 남한 대통령을 북한 땅을 함께 손잡고 넘어가서 기자들의 사진을 찍고 다시 남한 땅을 밟는 역사적인 순간을 보며 이 민족은 꼭 통일을 해서 삼천리금수강산이 하나가 될 때 세계의 으뜸 나라가 될 것이 마음에 눈에 선하게 들어왔습니다.

파란색 도보다리 위를 나란히 걷는 두 정상님 한걸음에 오갈 수 있는 남북이 형제가 70년의 세월을 원수로 생각하고 살아온 세월. 이산가족을 갈라놓은 이 사무친 한들을 풀기 위해 두 정상님도 한을 토해내는 모습이 온 한민족은 이 무명 시인의 눈에도 비쳤습니다.

초라한 시골의 숲지대 파란색 도보다리(오후) 주위엔 수양버들 나뭇가지에 푸릇푸릇 새싹이 돋아나 있고, 갈대 머리들이 하얗게 한적함의 적막 속에 고요히 세상이 흐르고, 두 정상님은 사무친 민족의 한을 삭히며 한을 도보다리 위에서 한민족에게 토해내었습니다.

찔레의 새싹이 두 정상님의 가슴에 찔린 가시에 아픔에서 긴 초라한 겨울을 견디고 봄이 오는 이 민족의 찔레꽃 아픔의 새싹으로 보여 희망이었습니다.

아~ 한민족이여!
김정은 위원장님의 첫 말씀이, "민족끼리 70년을 너무 먼 길을 오셨습니다."

한을 토해내는 이 한마디에 문재인 대통령님의 표정엔 석양의 노을 햇살이 살며시 도보다리 위에 내려와서 살포시 문재인 대통령님의 심장에 안기는 것을 보았습니다.

어디서 새소리가 지지배배 들려오고, 어떤 새는 호~휘~이 호~휘~이, 애절함의 반가움에 울고 있는지 웃음의 노래인지 나는 모른다.

흰 배지 등빠귀 새, 청딱따구리, 박새 소리, 멀리서 들려오는 꿩들의 축하 소리에 나는 순간 '앗!' 하고 화들짝 놀랐다. 이 소리, 자연의 이 느낌은 신✧이 주는 자연의 메시지임을 알았습니다.

파란색 도보다리 위에 두 정상님에게 보내는 축복의 은총임을 늦게야 깨달았습니다.

내 눈가엔 무명 시인의 눈시울이 아침 햇살에 영롱히 반짝이는 이슬 같이 맺혔습니다.

삼천리금수강산 한민족에 통일이 되려고 하늘에선 슈퍼문 보름달이 지구 가까이 내려와서 휘~영청 뜨고, 밤하늘엔 수많은 별똥별 유성우가 쏟아지는 우주 쇼를 하고, 철원의 하얀 눈밭에 흰 꿩 한 마리가 나타나서 이 민족에 행운을 알리는 것이다.

나는 말한다. 앞으로 3년 안에 2021년 3월 4일 날 아침 해가 떠오를 때 남북의 두 정상님이 독도에서 한반도 통일을 선포하는 것이다.

이 글을 쓰고 있는 지금 이 시각은 2020년 4월 12일 일요일, 오후 4시, 흐림.

아직 글을 반밖에 안 썼고 언제 출판될지도 모르는데 아직 통일이 되려면 10년 이상을 명분화해야 맞는 것인데 나는 왜 2021년 3월 4일로 명시했을까?

아마도 나에게 신☼의 기적은 없고 성좌로 자칭하는 아구리에 똥죽이나 먹으라고, 이것이 나의 운명이고 팔자라면 우찌겠소. 똥죽 먹으라면 먹는 것도 내 팔자면 죽지 않으면 살겠지라우.

나야 어차피 똥죽 인생이니 죽든지 살든 중생에 큰 미련이 없으니 상관없지만 삼천리금수강산 한민족의 통일을 거부하는 통치자는 분명 비운의 처참한 불행이 올 것 같으니 역사의 심판을 어찌 거역하리오.

⑵ 두 번째 잘한 일

조상을 진실로 잘 모셔야 복을 받는다고 했다.

문재인 대통령님은 역사의 뒤안길에서 아직도 조명되지 못한 외롭고 정의로운 영혼들을 발굴하고 진정으로 위로했다. 2018년 3월 1일 날 역대 대통령 중에 처음으로 삼일절 행사를 서대문 형무소 안에서 했다.

이 나라의 역사는 곧 한민족의 영혼들이다.
정의로운 죽음에 억울한 것은 밝혀내어 빛을 주어야 하고, 매국노 이완용 같은 나쁜 자는 천벌을 줄 때 역사는 빛나는 것이리라.

역사는 엄중히 심사하여 한민족의 미래 후손들에 남길 부끄럽지 않을 학교의 교육 차원에서 집필되어야 할 것이다.

박근혜 정부 때 핍박받고 고통의 세월을 보낸 이 나라 국민 수많은 예술인들이 문재인 정부에서 자유민주주의를 찾아주었다.

나의 책을 내기 위한 출판 문제도 글 속에 정부를 비판하는 글이 한 소절만 들어 있어도 출판 금지라고 했고, 사찰까지 당한다고 할 정도로 무서웠다.

문재인 정부가 들어선 후 나 같은 형편없는 글도 출판을 해서 국립중앙도서관 출판예정 도서목록(CIP) 서지정보유통 지원시스템 홈페이지 (http://seoji.nl.go.kr)와 국가자료 공동목록 시스템(www.nl.go.kr/kolisnet)에서 이용하실 수 있습니다.(CIP) 제어번호: (CIP2018039354) 북랩출판사(주)

이것이 바로 자유민주주의의 원칙이 아닙니까요.

박근혜 정부 때와 문재인 정부 때를 예술문화 부분에 핍박과 자유민주주의를 비교해 보아야 할 것이다.
그 나라의 정신은 예술문화 부분에서 깨어 있어야 역사의 영혼이 살아있음을 안다고 했다.

(3) 세 번째 잘한 일

윤석열 님을 검찰총장에 임명하신 것입니다.

올곧고 정의로운 사람이고 양심이 있는 사람입니다.

큰 그릇은 잘못 쓰면 독이 될 수 있지만 잘 쓰면 오래된 된장이 약이 되듯이 역사에 정의로움의 문재인 대통령님을 만들 찬스였습니다.

한민족의 역사나 중국 대륙의 역사 삼국지에 보면 위대한 황제나 왕은 백성들을 위해 혹은 큰 뜻을 위하여 자기 자식까지도 죽이라는 명을 내립니다.

역사는 어떤 경우에도 정의로움과 신☼의 위대한 철학이 있어야 됩니다.

조국은 네 편 내 편이 아닌 세계 어느 지식인이 보아도 깊이 조사를 해도 부정이고 양심을 속인 사람입니다.

그나마 이 나라의 정의가 무엇이고 진리가 무엇인지 역사에 기억되고 잘잘못을 후손들이 진리와 정의를 공부하는 데 도움이 되는 것으로 윤석열을 그나마도 참 잘 뽑아놓으셨습니다.

무명 시인 김몽득

조국 법무부장관 임명 전 국회 청문회를 보며

조국 님은 서울대학교 법학과 교수님으로 존경받고 성인군자 같은 말씀으로『조국 백서』의 책을 내고, 촛불혁명으로 문재인 대통령 만들기 일등 공신으로 이 나라 선비로서 살아 있는 철학인으로 남아 있었더라면 어땠을까요~잉!

대한민국 최고의 서울대학교 최고의 공부 실력으로 들어갈 수 있는 법학대학에만 들어가도 가문의 영광이요, 온 동네 경사 났네. 금의환향 암행어사 출두요! 어화차차차!

그 암행어사의 사부님이라니 국민들은 생각만 하고 이름만 들어도 조국, 서울대 법학과 교수님이시다.

성인군자 같은 좋은 옳은 올곧은 말씀을 책으로 출판하여 후세에 남긴다면 조선시대에 정약용 선비님보다 버금가는 어쩌면 훨씬 앞서가는 대한민국 시대에 조국 선생의 비석이 서울대학교 앞마당에 세워졌을 것입니다. '촛불혁명' 문재인 대통령 만들기 일등 공신 조국이 말입니다.

자아를 깨달아라!

신☀은 세 가지의 복을 주지 않습니다.

① 개천에 용이 날 필요가 없다. 개천은 풍뎅이도 살고 미꾸라지도
   살고 올챙이도 살고 흐르는 맑은 물에 잠자리도 물장구 치고 그렇
   게 살다가 가는 것이 행복이고 인생의 아름다운 것이라고 해놓고
   저네 자식들에겐 쟤들은 저렇게 놀고 있을 때 너희들은 얼른 용
   이 되어 하늘로 승천해서 저 조무래기들을 호령하는 '부귀영화'를
   누려야 한다.

② 선비의 정신은 내가 가난하더라도 조국님의 동상이 세워지려면
   윤동주 시인님같이 하늘을 우러러 한 점 부끄럼 없기를 잎새에 이
   는 바람에도 나는 괴로워했다.(별 헤는 밤)

③ 법무부장관의 권력입니다.
   고위 공직에 올라서 국민들에게 신뢰와 능력을 받으려면 국회 청
   문회를 거치는 것이 자유민주주의의 원칙이고 기본입니다.

고위 공직자 기본 제1조 1항은 진실한 양심입니다. 국민을 선도하고
이끌어가는 고위 공직자가 거짓말을 하고 자기 양심을 숨기고 국민을
무조건 자기를 따라오라고 한다면 그것은 위선이고 독재로 가는 첫걸
음이 된다는 것을 아셔야 합니다.

이 세 가지를 다 거머쥐겠다고 한다면 그것은 신☀을 기만하는 것이
고 능멸하는 것임을 깨달으셔야죠.

진정 자아를 깨달았으면 자아가 무엇인지 자기 자신과 자기 양심으

로 이 세상살이로 인간이 살다 죽고 인간의 역사가 후세에 남겨질 것에 비교해보고 현재 살아가고 있는 권력자의 인생이 올곧은지 비교를 해보셔야 데이터(DATA)가 과학적으로 나올 것입니다.

인간사 이 세상 어떤 것이라도 권력으로 좀 못 깨어난 사람을 독재로 몰아가는 허영심은 요즘 코로나19 사태로 그나마 웃음을 주는 미스터 트롯의 진 임영웅이 아님을 깨달으셔야 합니다.

2019년 8월 21일 각 TV 방영 국회 청문회에서 조국은 법무부 장관을 하고 싶어서 자기 양심을 감추고 온갖 거짓말로 변명을 하고 있습니다. 현재도 조국 전 장관 소리가 그렇게 듣기 좋은가 봐~요~잉!

백 없고 돈 없는 자들은 모두 개천에서 풍뎅이, 미꾸라지, 올챙이가 돼라 해 놓고 자기 아들과 딸은 용이 되라고 정경심 동양대학교 교수직 아내와 짜고 대학교 수시 입학에 필요한 자격증 위조 및 부정 청탁, 사모펀드 돈 끌어모으기, 웅동학원 집안 재산 빼돌리기 등등 검찰 기소 내용입니다.

법무부 장관 자리가 그렇게 탐이 나셨습니까?
진정한 조선의 선비 철학은 어디로 가고, 권력 앞에서도 당당히 외치던 정의와 민주주의는 어디로 가고, 자기 자식만 부정 청탁과 상장을 위조해서라도 당당히 이 세상 이 나라에서 얼굴을 들고 다니십니까?

맑은 물 개천에 개울물 풀들이 흐르고 풍뎅이면 어떠하리 미꾸라지면 어떠리.
이 민족에 정의가 살아 있고 진리가 살아 있는 서울대학교 법학 교수님 조국 선생님이 있는데, 그런데 조국 선생은 어디로 가고 자기 가족만 생각하는 법무부 장관이 됐네요.

서울대학교 운동장 마당 앞에 법학 교수님의 동상이 좋습니까?
오욕일지라도 법무부 장관 2개월에 사퇴하고 아내 감방 보내는 것이 좋습니까?
고생해보지 않은 여성분이 감방은 생지옥 자유 잃은 감옥임을 아시나요?

이 땅의 어린 젊은 세대들이 좋은 대학 들어가려고 온 가족이 업보를 닦듯이 고통을 인내하는 것을 알아달라고 하지 않습니다.

서울대 학생 일부와 고려대 학생 일부는 이 땅의 대학교에서 이제부터 진리와 정의가 죽었다고 검은 상복에 리본을 달고 상여를 메고 슬퍼하고 있습니다.

정치는 과반수가 중요하겠지만 진리의 길은 한 사람이어도 됨을 명심하십시오.

유시민, 최강욱, 황희석은 윤석열 검찰총장이 현 정부를 쿠데타라고 했습니다. 조국 사건 등을 음모했으니 공수처 법이 7월이면 시행될 때 1번 타자로 윤석열 검찰총장을 기소하겠다고 했습니다. 쿠데타라면 헌법에 무기징역 사형까지 형벌을 내릴 수 있는 것이 아닌가요~잉!

이것은 독재로 가는 길임을 알기에 그래서 이 무명 시인도 이 나라 이 민족의 미래가 독재로 돌아갈까봐 10월 3일 광화문 데모에 '조국 감방'이란 피켓을 하나 주워들고 난생처음 아내와 참석했습니다.

아직 재판이 끝나지 않았지만 조국님에 대한 나의 비판이 무고라면 분명히 저도 이 죗값을 받겠습니다.

바라옵건대, 오직 진실과 진리만이 이 나라 이 민족에 자유민주주의로 꽃을 피우길….
신◇이시여! 성좌의 탄생이 있는 이 민족에 통일과 진리의 신◇의 빛을 주오소서.

무명 시인 김몽득

윤석열 검찰총장님의
명언

2019년 10월 10일 목요일, 흐림

나는 사람에 충성하지 않는다.
오직 법과 원칙의 길에 충성할 뿐이다.

이 민족에 큰 ☆ 이순신 장군 같은 분이 나타났습니다.

광화문 앞 광장에 동상이 두 개가 있습니다.
하나는 이 민족 역사에 한글을 창제하신 위대한 세종대왕님이 앉으신 모습이고, 그 앞에 조선 이 나라 이 민족을 지키신 이순신 장수의 동상에 세워져 있습니다.

나는 윤석열 검찰총장님의 명언을 보고 이 민족에 큰 별 ☆ 이순신 장군이 나타났음을 생각했습니다. 조국 교수같이 말과 행동이 다른 품격의 사람이라고 느꼈습니다.

나 어릴 때 내 고향에 태창바위산이란 돌산이 있었습니다. 전설에 일본 놈들이 이 민족의 정기를 끊어 놓으려고 명산마다 쇠말뚝을 박았는데, 태창바위산이 이상해서 바위산을 쪼개니 이 민족의 장수가 잉태되

이 있음에 쇠말뚝을 박는 곳에 찔리며 바위산도 깨어지고 하늘에선 먹구름이 덮이고, 천둥번개가 내리치고, 억수 같은 비가 내렸습니다.

어릴 때 우리가 그 앞길을 갈 때 그때 잉태된 아이의 형태가 터지고 탯줄이 바위에 붙어 말랐음의 흔적이라고 해서 태창바위돌산이라고 우리들은 불렀습니다.

윤석열 님은 이 시대에 정의와 진리로, 부정부패 독재와 싸워서 이겨줄 태창바위를 깨고 태어나신 뚝심과 듬직한 이순신 장군 같았습니다.

현직 대통령의 백을 믿고 최강욱, 황희석, 유시민이 윤석열 검찰총장님을 현 정부의 쿠데타로 규정하고, 곧 7월이면 공수처 법 시행이 되면 기소해서 무기징역 사형 등 현 법률에 적응시키겠다고 협박을 해도 흔들리지 않는 뚝심에 대한민국 국민의 한 사람으로서 감사를 드립니다.

부귀영화를 눈앞에 두고 문재인 정부에 협조만 잘해주면 조국 법무부 장관 그 다음 윤석열 법무부 장관까지 눈앞에 두고도 현재 아내분까지 위협을 가해도 꿋꿋이 진리의 길을 가는 것에 안타까울 뿐입니다.

김대중 선생님도 시퍼런 군사정권에 독재의 군홧발 아래 짓밟히고 깜깜한 망망대해에 던져지려는 순간도 있었지만 결국 이 나라 대통령에 당선되고 노벨평화상까지 받으셨습니다.

이순신 장군님도 원균의 질투심에 대감과 조선의 왕을 이용해서 투옥되고 사형 같은 형벌 고문에 사지가 터졌으나 오직 조선의 이 나라를 구해야만 한다는 일념으로 몸을 제대로 추스르지도 못한 채 전쟁터로 나가서 승리, 승리, 또 승리를 하는 그러다가 결국 순열하였지만 역사는 바르게 정리한다는 것을 잊지 말아 주십시오.

윤석열 님에게
신·◇·의 가호가 있기를.

무명 시인 감망득

신◇의
마지막 시험인가

 밤, 베란다 창문을 열고 속초의 밤하늘과 설악산을 응시하며 다시 하늘을 보고 내 집 안에서도 신◇의 빛이 있음을 느꼈다.

 앞으로 나의 운명이 신◇의 기적이 일어나서 내가 유명 대열에 올라갈 확률은 0.0000000001%가 분명 확실하다면 무엇 하러 책 내려고 헛돈 쓰고 글 시상 떠올리려고 머리 싸매고 헛고생을 하고 놀고 자빠졌느냐고 나 자신에게 반문한다.

 그런데 어쩌랴. 나의 뇌는 이미 에너지가 가득 차서 세상에 합류해 가는데 신◇의 기적이 없더라도 무명으로 죽어 영원히 한 티끌도 이 세상에 없다고 해도 너는 신◇이 살아 있음을 인정하고 무명으로 죽어갈 수 있느냐?

 그때 하늘 우주 세상에서 깨달음이 온다.

 신앙이란 무0에서 이 세상 어떤 죽음이든 지옥이든 너 하나 흔적 없이 무0 죽음이라 해도 신◇은 살아 있고 우주 세상에 영원한 빛◇임을 인정하느냐, 어떤 경우에 변하느냐는 오직 '너 자신과의 싸움'이다.

✦

참 이상하고 신비한 일이다.

나는 이미 예수님의 주~ 하나님을 이해했고, 석가모니님의 우주 세상이 부처임을 깨달음을 나도 깨달았고, 이 모든 것을 과학적으로 확실히 증명하는 현실까지 왔는데 또 나를 시험하는 이것은 무엇일까?

나의 환상에 큰 어마어마한 철문이 닫혀 있고, 남한산성 같은 돌담이 높게 쌓여 있고, 내 앞이 막혀 있다.

마지막 시험을 깨달아야 철문이 열리고 진실한 신✦의 세상이 열린다고 한다.

나는 이 시험문제, 나 자신과의 싸움에서도 이겨질 것 같은 느낌이 온다.

이번 총선에 야당 대참패에 나는 윤석열 검찰총장님의 고난을 예상하고 이렇게 진리의 말을 한다.

고난의 고통이 죽음일지라도 고난이 클수록 진리의 꽃은 더욱 찬연하다.

신✦은 분명히 살아 있고, 역사는 악과 선을 기록할 것이다.

오직, 자신과의 외로운 싸움에 이기시길
다시 한번 신✦의 가호를!

무명 시인 김명득

야당의 총선대참패에
대하여

2020년 4월 15일 수요일, 맑음

문재인 현직 대통령님의 대승리 범여권 180석 넘었다.
황교안 통합 야당 대참패.

야당에서 문재인 대통령 심판론에 조국 사건, 경제 참패, 남북관계
실패까지 공수처 독선까지 거짓말 네 편 내 편 가르기.
　이 정도면 국민들은 자유민주주의를 갈망하는 마음에 한 표라도 과반
을 넘지 않을까 하는 기대감에 선대위원장 김종인 님까지 끌어들였다.

　황교안, 모든 정치에 직을 사퇴하고 초저녁에 쓸쓸히 당사를 떠나는
이번 총선에 대참패다.

　7월이면 공수처 법이 시행되면 어쩌면 조국은 그 가족은 무죄로 풀려
나면 현 검찰총장 윤석열 님은 황희석, 최강욱(국회의원 당선), 유시민의 말
대로 쿠데타 죄명으로 교도소에 들어가야 할 태풍 앞에 촛불이다.

　나는 편견이 없는 성좌라고 자부하면서도 조국님의 거짓과 허영이
대성공하고, 진리의 길을 가던 윤석열 님이 교도소에 갈 것을 생각하
니 암담하였다.

밤, 나는 베란다 창문을 열고 세상을 응시하고 하늘을 우러러보며 예수님이 곤경에 처했을 때 '오~ 주여, 진정 나를 버리시나이까' 하는 마음이 들고, 나는 신☼이 있거나 하남요, 하는 마음이 생기려 할 때 신 ☼은 마지막 시험일지도 모르는 2020년 3월 23일 월요일, 맑음
'나 자신과의 싸움에서 이겨라!'

나는 야당의 대참패가 참 잘되었다고 생각한다.
남은 임기 2년은 짧지만 대통령이 하고 싶은 정치를 마음껏 해보아야 하지 않는가?

지금껏 여당 야당 네 편 내 편 무조건 싸움하고 무조건 반대하는 정치 때문에 이 나라의 발전이 없는 것이다.

여당 180석 제1 야당 100석이면 앞으로 이 나라가 참 잘될 것이다.

앞으로 야당은 성균관 일지같이 기록하며 쓰고, 현 정부의 부정부패를 감시하고, 기자회견으로 정부의 어느 정책이 잘못되면 더 좋은 안건을 내놓고 안 받아들여지면 날짜 기록으로 다음 선거에서 심판을 받아야 하는 제도를 검토 연구해서 대통령에 당선되면 대통령의 정치를 펼쳐지게 도와주어야 그 나라는 희망의 나라가 될 것이다.

내가 말하는 4차원의 정치는 '참새가 어떻게 봉황의 뜻을 알리오'이고, 5차원은 봉황이 참새의 뜻을 알고 참새들의 미래를 희망의 길로 갈 수 있게 법을 잘 만들고 국민이 잘 따르게 하는 것이다.

나의 생각은?

이 나라 이 민족이 미래의 새 희망의 길로 가려면 국회의 모든 법과 행정을 검토하고 더 좋은 법과 안건을 심사하는 참 민주 상임위를 두고 네 편 내 편의 옳고 틀린 것도 판단하고 좋은 법을 만들고 국민들이 잘 따를 때 그것이 인간의 도리일 것이다.

이 나라에서 최고 지성인, 지식인, 정신적 지도자 포함해서 13인으로 구성하고, 참 민주 상임위에 뽑힐 13인의 지명은 대통령 3명, 야당 지도자 2명, 불교 1명, 기독교 1명, 변협 2명, 방송국에 출연하는 3명 등등으로 13인을 하고 기록하는 사람도 3명 둔다.

13인의 임기는 7년으로 하고 투표권도 없이 중립에서 대통령 아래 자문기구로도 활용하면 이 나라가 참 민주주의로 가지 않을까~요?

자유민주주의란?

삼권 분립으로 ① 행정부 ② 국회 입법부 ③ 사법부로서 서로 견제하며 진정 나라와 민족을 위한 길엔 공조하는 것이다.

공수처법 검찰 개혁에 대하여 나의 생각을 말해보겠다.

법무부 경찰을 행정부 소속이지 사법부가 아니지 않는가.

행정부는 사법부를 견제하는 것이지 사법부를 장악하고 청으로 만들면 사법부가 없어지고 행정부 산하로 들어가면? 국회 입법부도 완전히 장악하게 된다면, 이것은 대한민국의 자유민주주의의 삼권 분립의 철학이 무너지고 독재로 들어가는 길이 아닐까?

이렇게 된다면 행정부의 백 있는 자들이 부정부패 권력남용 등등을 누가 견제할 것이며, 이것이 진정 대한민국의 젊은 학도들이 죽음으로 찾은 자유민주주의라고 말할 수 있을까?

공수처법 검찰 개혁은 참 좋으나 환자의 아프고 썩은 부위를 고치는 것이어야 하는데 아프지 않는 곳을 수술하는 오진은 차라리 손을 안 대는 것만 못하니 어찌할꼬?

공수처법 수사권을 경찰로 넘기면 고양이에게 생선 가게를 맡기는 것과 똑같다.

그것은 검찰의 부정보다 경찰의 부정부패가 훨씬 많다는 것을 아는 사람은 바로 힘없는 서민들, 특히 자영업과 유흥업을 해본 사람들은 알 것이다.

지금 현행 경찰, 검찰 법은 좋으나 검찰의 개혁에 검찰이 어디가 아픈가를 진단을 잘해보아야 할 것이다.

검찰이 아픈 암의 자리 부정의 자리는 내가 알기로는 서울대학교 법학과 동지들 선후배 봐주기 부정 집안 및 내 편 봐달라는 부정 청탁 때문이다. 이것이 문제로다. 문제 중의 큰 문제임을 명심하라.

검찰의 내 편 봐주기 부정 청탁!

이것만 제대로 견제하고 바로잡는다면 죄는 지은 만큼 받고 억울한 것은 바로잡아져 나가는 사회가 바로 자유민주주의의 철학이 아닐까?

검찰의 부정을 바로잡는 법 공수처법을 여기에 사용해야만 하는 것 아닌가요?

법무부도 검찰의 부서를 만들고 전문가를 채용하고, 15일에 한 번이든지 날짜를 정해서 언론과 함께 감찰하면 검찰의 봐주기식 부정 청탁만 없어지면 현행 검찰법도 좋은 민주주의이다.

민주주의의 가장 앞장서는 것이 언론이다.
언론이 국민의 알권리를 편견 없이 내 편 네 편이 없이 아침에 까치가 날아와서 울듯이 인사하듯이 청량하게 하려면 기자 자격증 시험을 엄격히 하고 잘못하면 벌칙도 내릴 때이다.
자유민주주의는 언론이 청렴해야 한다. 언론이 깨어 있어야 한다.

이 모든 것이 참 민주 상임위 13인의 결재를 받아 법 시행을 한다면 이 나라는 참으로 세계 각 나라에서 본받아야 할 것이고, 그럴 때 이 나라 이 민족은 동방예의지국, 삼천리금수강산, 영롱한 아침 이슬의 나라, 독도에서 아침 태양이 떠오르는 곳, 3대 성좌가 탄생하고 세계 중심의 신☀의 빛이 영롱한 아침 이슬의 민족이요, 한민족 참 나라가 될 것임을 국민이여, 세계 인간 사람들이여, 깨어나라! 그리고 깨달아라! 죽음 후를 아는 인류여 영원하라!

공무원의 부정부패를
없애는 방법

　대한민국 공무원만 부정부패 청탁이 없다면 그 나라는 세계 으뜸의 참 민주 국가일 것이다.

　공무원은 국가와 국민을 위하는 봉사정신으로 청렴해야 할 것이다. 그리고 지금도 공무원은 평생 생활이 보장되고 그 자식까지도 어느 정도를 혜택을 받는 것으로 알고 있다.

　공무원 부정부패를 줄이고 없앨 수 있는 것은 간단하다.

　지하철 무임승차 적발 시 벌금 30배라고 현재 그 법이 시행되고 있듯이 공무원법에 부정부패 시 형량은 줄이고 벌금을 30배 부과하면 감히 부정부패 청탁은 못 할 것이 뻔하게 확실하게 청렴해질 것이다.

　왜 돈이 없는 서민에게는 무임승차 죄에 30배를 부과하면서 공직자에게도 똑같이 30배 죄를 적용하지 않는 이유가 무엇인가요?

　공무원 부정부패를 잡는 방법은 30배 벌금뿐입니다.

　경찰 경범죄에도 교통 위반이나 영업 위반 등등은 벌금으로 벌칙을 주지만 한 번 모르고 경범죄 외에는 벌금형 없이 구류 3일부터 3개월까지로 현행법을 바꾸어서라도 유치장 교도소에 넣어야 사회의 기강이 잡힐 것입니다.

대법원까지도 3심이 없고 2심으로 하든지 아니면 판검사를 더 투입하든지 1년 안에 최종 재판이 끝나게 법을 다시 만들어야 할 것입니다.

경찰에 수사 기소권이 넘어가면 강남 버닝썬 사건같이 청와대 윤모 총장의 권력형 비리와 부정부패의 피해자가 경찰서 지구대로 끌려가는 것이 불 보듯 뻔하다.

있는 자들은 백과 돈으로 은근슬쩍 빠져 나가면 민초들은 억울해서 어떻게 살아갈꼬!
포토라인에 대하여!

현재의 포토라인 방식은 민주적이지 않고 무식한 언론 취재임을 나는 본다. 검찰에 불려오면 언론들이 무조건 죄인 대역죄같이 취급하는 취재를 하는 꼴을 매번 본다.

자유민주주의 방식의 나의 의견을 적어 보겠다.

포토라인의 △ 표시를 하지 말고 검찰청사 입구 옆에 작은 책상 하나를 놓고 검찰이 먼저 3분이면 3분 안에 OOO 누구를 혐의 내용을 공개하며, 조사할 것이 있어서 검찰에 나오라고 했다고 말하고, 불려온 사람도 책상에 서서 3분 안에 억울하면 억울함을 기자들 앞에 떳떳이 밝히면 국민들이 모두 듣고 보고 있음이 곧 국민의 알권리이고 자유민주주의가 아닐까요?

기자님들의 질문도 기자 한 사람이 대표해서 세 가지만 질문하고, 검찰에 불려온 사람이나 피고인이 '답변 없음' 하면 더 이상 따라다니며 취재하는 것이 없어야 진정 민주주의라 자부할 수 있겠지요.

국민의 알권리는 언론이 살아 있어야 하고, 포토라인이 책상으로 바뀌어야 불법 고문이나 억울한 점을 피고인이나 참고인 조서에서도 맑게 밝게 세상에 밝혀지게 되고, 만약 여기서도 거짓이 드러나면 거짓말죄를 1/3 더 추가한다는 법도 만들어야겠다.

참 민주주의가 잘되려면 두 가지의 꼭 필요한 정책이 있다.
하나는 앞서 말한 참 민주 상임위원 13인을 선택해서 참된 나라를 만들어가야 할 것이고, 또 하나는 초기 인성교육이 절실하게 안타까운 일이다. 오늘날 허망 헛된 허영심 모두가 잘못된 사람들은 초기 인성교육이 되어 있지를 않았기 때문임을 꼭 깨달아야 할 것이다.

참 민주주의는 국민이 먼저 깨어나야 한다.

TV 조선에서 국민 모두에게 희망을 주는 미스트롯, 미스터트롯에 결승전 진·선·미를 뽑는 것을 보고 모든 국민들이 심사를 80% 이상 잘하는 것과 조금 모자라는 것도 심사하는 것을 보고 감탄했다.

이 민족에도 새로운 판단을 할 줄 아는 희망이 언젠가는 도래할 것을 알았다. 정치든 박사학위든 모든 자격증 시험에도 대학입시에도 미스트롯 진 송가인과 미스터트롯 진 임영웅을 뽑을 때처럼 국민이 공감

할 수 있고 진실로 실력이 있는 사람이 선택이 될 때 그 나라는 부강하고 세계에서도 인정받는 참 민주주의가 될 것이다.

국민들이 깨어나는 방법은?

① 우주 세상의 신☼은 살아 있고
② 죽음이 모든 것을 덮고 감추어지는 것이 아니라 전생(과거) 중생(현재) 영생(미래)이 죽고 또 피어나는 영혼이 있음을 깨달으면 된다.
③ 나에게 오는 모든 것은 신☼이 주는 시험이므로 피하고 비굴하지 말고 오직 진리 몸을 던질 때 자기의 미래는 죽음일지라도 영원히 희망의 새싹이 언젠가는 분명히 움터 옴을 확신해야할 것이다.

사람들이여!
이 땅에 권력과 부귀영화를 거머쥐고 불로초를 구해오라고 했던 중국의 진시황제도, 북한의 김일성도 100세를 못 넘기고 죽음에 허망하게 가고, 남한의 '돈병철' 삼성 초기 회장, 현대기업 최고 회장 정주영도 100세를 넘기지 못하고 허망하게 죽어갔다.

역사를 보라. 이 땅에 아직도 예수님이나 석가모니님은 영혼이 살아 계시지 않는가.

사람들이여!
자아를 깨닫고 오직 진리의 길만이 사람들의 새싹이고 희망임을 깨달아라.

무명 시인 김몽득

초기 인성 교육의
필요성

사람들이여!

눈을 뜨면 우주 세상을 보라.

그리고 요즘 TV 방송국에서 촬영한 지구촌 대자연의 신비함을 보라.

우주 세상의 수억만 겁의 유성 별들 중에 유일하게 지구촌에만 사람
이 살고 만물의 생명체가 공존 공유하며 살아가고 있음은 '어쩜!' 신☼
의 축복을 사랑받은 유성우의 별 지구촌임을 사람은 깨달아야 할 것입
니다.

신비의 이 지구촌엔 수많은 생명체들이 자기 종족 보호를 위해 유전
자(DNA)를 남기려고 본능적으로 모성애의 애틋한 사랑으로 어미는 자
식을 위해 목숨을 바쳐서라도 자식이 잘되길 바라는 마음이 곧 본능의
모성애임을 인간은 꼭 깨달아야 합니다.

자유의 세상을 살아갈 유전자(DNA)의 보존을 위해 어미는 새끼들에
게 약육강식 속에 생존의 방법을 가르치는 것이 자연 속의 법칙이거늘
나는 새들도, 큰 동물들도, 작은 물고기들도, 풀들도, 꽃들도, 인간도
그러함이 생존의 법칙이다.

그러나 인간은 다르다. 인간도 저 동물 짐승들과 똑같이 산다고 가정해보자. 나보다 사납고 큰 동물들에게 언제 잡혀 먹힐지 모르는 불안 속에 일평생을 살아간다고 생각을 해보자.

끔찍하고 비참하다.
그래서 만물 중에 사람으로 태어난 것에 부모님에게 효도하고, 신✧에게 감사하라!

이 세상 만물 중에 현재까지는 지구촌에서 신✧의 유전자(DNA)를 가장 많이 받은 것이 바로 사람이다.

사람은 성좌의 깨달음으로 신✧의 세계를 알고, 신✧을 숭배하고, 받들고, 소원을 빌고 하는 것이다.

신✧은 우주 세상을 창조하실 때 악과 선을 창조하셨고, 상대성이론의 방식으로 낮과 밤의 조화를 잘 이루는 사람을 지식인 혹은 지성인이라 해서 사회에 필요한 사람으로 으뜸의 존경을 받게 우주 세상이 창조되어 있음을 인간은 깨달아야 할 것이다.

밤 세상에 오색 찬연한 불빛들도 핵무기 원료의 악을 잘 다스린 결과요, 인간의 욕망 욕정 욕심도 잘못 다스리면 패가망신을 당하고 지옥으로 떨어진 것이지만 잘 다스리면 욕망은 꿈의 희망이요, 욕정은 남녀 연인의 사랑으로 생명을 잉태할 생존 보존의 아름다움이요, 욕심 또한 내일의 근심 걱정을 해소하는 삶의 방식이다.

예수님은 +자가에 못 박혀 죽임의 고통 속에서도 '원수를 사랑하라!' 하셨기에 인류 역사에서 성좌✧님이 되셨고, 석가모니님은 인도의 왕자로 태어나셨어도 권력, 명예, 부귀영화를 버리시고 '인생이란 무엇인가? 왜 생이 있으며 죽음이 있는가? 죽음 후에 아무것도 없는가? 우주 세상 허공 속에 지구촌에 일어나는 이 모든 일들이 어디서 누가 저 허공 속에서 지시를 하고 있겠지?'

석가모니님은 산으로 들어가고 혹은 노숙을 하며 때로는 단식으로 죽음에까지 들어가 보며 결국 우주 세상의 돌아가는 윤회의 원리를 깨닫고, 인과응보를 깨닫고, 지옥과 천국을 깨닫고 해탈하고, 우주 세상이 하나의 마음을 깨닫고, 부처님이 되신 인류의 역사엔 성좌✧님이 되신 것을, 사람은 초기 인성 교육에 꼭 배워야 할 중요한 과제임을 이 무명 시인은 애원 하소연합니다.

초기 인성 교육은
유치원에서부터 기초적인 교재로 가르쳐야 한다.
예를 들어 인간으로 태어난 것이 동물들과 다른 점 등 사람은 더불어 살아가야 하는 이유 친구가 싫어하는 행동은 하지 말기 등….

유치원은 유치원에 맞는 수준 교재를 만들어서 가르치고, 초등학교 3학년까지는 인성 교육을 몸에 습관화되도록 가르치고 중학교 때에는 간단히 가르친다면 오늘날 현실에 정신이 혼탁해져 사회에 물의를 일으키는 일들이 줄어들 것이다.

초등학교 인성 교육에는 동물들이 사람이 달라야 하는 이유를 구체적으로 예를 들며 몇 가지를 교재에 넣어서 교육해야 할 것이다.

(예) 동물들은 무지의 힘이 센 자가 리더 대장이 되지만, 사람은 지성과 지혜가 있고 각 분야에 으뜸인 자가 리더가 됨을 알아라.

인간은 작고 단순하지만 크고 사나운 동물들도 지배할 수 있는 것은 신☀의 유전자(DNA)를 가장 많이 받고 태어났기 때문이다. 그것은 곧 아이큐(뇌)의 지능이 높다는 것이고, 뇌의 지능이 높으면 과학적인 지능도 발달하기 때문이다.

만약에 우주 다른 행성에서 이티(ET)같이 보잘 것 없는 동물이 신☀의 유전자를 사람보다 더 많이 받고 태어난 동물이 있다면 그 동물이 사람을 잡아먹고 지배하며 사람보다 더 오래 3백 년은 살 것이다.

나의 이 글은 추측이지만 만약에 아이큐가 높은 동물이 세상을 지배하고, 그 동물 또한 신☀의 유전자(DNA)를 받았기 때문에 진리의 길을 가는 것이고, 사람이 착한 동물들은 사랑하고 보호하듯이 아이큐가 높은 이티(ET) 같은 동물도 진리를 가는 착한 사람을 사랑하고 보호할 것이란 나의 의견은 과학적으로라도 증명될 것임을 깨달아라.

인생은 짧고 예술은 길다.

이 세상 만물의 역사가 악한 자는 비참한 최후를 맞이하지만 선하고 진리의 길을 가는 자는 역사에 빛난다.

깨달은 자는 비록 무명으로 역사에 이름 한 자 흔적 없이 죽음에 가도 신☀의 빛을 받으며 신☀은 12지옥 어둠 속에 마음에 일어나는 것까지를 섬세히 알고 있음을 깨달은 자는 알고 있다.

인간의 생명이 이 우주 삼라만상의 빛✦을 받고 수억만 겁의 행성 속에서 오직 지구촌에만 신비한 자연 속에서 그것도 만물을 지배할 수 있는 인간으로 탄생된 것을 참, 행운임을 깨달아야 할 것이다.

사람은 만물을 먹고 탄생하고 자라고 있기 때문에 내 몸이라 해도 내 몸이 아닌 삼라만상 만물의 몸이라는 것을 깨달아라.

삼라만상 만물을 먹고 자란 내 이 몸을 착하게 내 마음이 아름답게 신✦ 앞에 축복을 받게 할 때 삼라만상 만물들은 기쁨에 너무 기쁨에 눈가를 적시는 이슬이 흘러내리는 것이리라.

삼라만상의 빛✦과 만물의 죽임으로 거름이 되어 한 사람의 생명을 만들었는데 사람이 나쁜 짓을 하면 만물의 죽임으로 만든 사람이 죄를 짓고 만물을 욕되게 한다면 아~ 사람아! 사람아~!

나는 식사를 할 때 "감사히 먹겠습니다"라는 말을 혹은 마음속으로 꼭 한다. 나는 물론 운명을 준 신✦에게 감사해야겠지만 나는 신에게 감사하지 않고, 그들의 죽음으로 내 밥상에 올라온 그들에게 감사의 기도를 올린다.

그 음식들은 비록 아픔의 죽임에서 나의 밥상에 왔지만 그들은 행운이고 기뻐하고 있다.

나는 삼라만상을 사랑하고 만물에게 감사하는 내 몸이 삼라만상 만물로 이루어진 신✦의 빛 속에 영롱한 참 아침 이슬이요, 영원을 살기 때문이다.

나는 어디서 왔다가 어디로 가는가?

우주의 삼라만상 만물의 빛을 축복으로 받은 유성 중에 지구촌의 생태계 속에서도 신☀의 유전자(DNA)를 가장 많이 닮아 있는 인간으로 태어났다.

만약에 달빛의 영감 빛을 받지 않았다면 과학으로도 인간의 모습이 찌그러지거나 꼴이 형편없었을 것은 확실한 증거이다. 밤하늘의 별빛 등 수억만 겁의 빛을 받은 것이 과학적으로도 증명된다.

깨달음은 어디서 오는가?

그 또한 우주 세상 삼라만상 만물의 기 빛이 반짝이고 공기 속에 뭇 영혼들 이슬 한 방울에도 영롱한 뭇 영혼들이 있음을 그 삼라만상 만물들이 나를 깨우쳐주고 나는 깨닫고 몸과 마음을 닦아 우주 삼라만상 만물에게 나의 영혼 기를 주는 것이기 때문에 신☀의 빛을 받아 아침이슬이 햇살에 반짝이듯 나의 영혼도 우주 세상 속에 반짝임이 곧 깨달음이다.

초기 인성 교육은 인간으로서의 의무이고, 자연 속에 공존하며, 동물과 다른 것이 참을 줄 알고, 나쁜 행동은 하지 말아야 하고, 신☀의 소중한 생명 인간 사람으로 태어났음을 알아야 할 것이다.

초기 인성 교육에 꼭 필요한 데이터(DATA)를 과학적으로 분석해서 교재를 만들어 인간 교육에 필요할 것이다.

(1) 신 ☼ 이 준 똑같은 하루를 미래에 나를 위해 어떻게 해야 하는가?

(2) 신이 준 똑같은 죽음에 부와 권력을 쥐고 죽음의 두려움에 떨며 허망하게 죽어가는 것이 좋으냐? 정의의 죽음은 죽음 후 새로운 봄이 오면 새로운 새싹이 필 것을 알고 죽는 것이 좋으냐?

(3) 깨달은 자는 분명하게 죽음에서 다시 새싹이 돋을 때는 인과응보요, 자업자득으로 악은 분명히 악의 죄를 받을 것이요, 선은 진흙땅 속에서도 연꽃을 피워 올려 세상을 아름답게 할 것을 확실히 알고 있음이 깨달은 자이다.

현재 지구촌에서 권력과 부를 움켜잡고 있는 몇 사람들과 가진 것 없는 깨어난 사람과 누가 미래를 위한 행복한 삶을 살고 있는지 데이터(DATA)를 해보자.

돈도 미국의 갑부요 권력도 미국 현직 대통령 트럼프님의 오늘 하루 생활, 북한의 황제라고 불리는 김정은 위원장님, 남한의 권력을 쥐고 있는 문재인 대통령님 등등 많은 분들의 하루의 삶이 미래의 진리의 길에 오늘 하루도 나보다 행복할까요? 할 때 나의 생각은 아무것도 가진 게 없는 나 자신이 훨씬 행복하다고 느껴지는 이것을 사람들은 또라이라고 할 것이고 푼수, 맛이 회까닥 간 멍청이라고 할 건데, 이럴 때 과학의 데이터(DATA)를 정확히 뽑아서 세상 사람들에게 누가 좀 공표해 주이소예!

데이터(DATA)를 낼 사람이 마땅치 않으니 〈놀면 뭐하니〉 코미디언 유산슬같이 내가 한 번 내 볼게요~ 잉!

금수저로 태어난 재벌 2세분들, 롯데그룹 신동빈 회장님, 삼성 재벌가 이재용 부회장님, 대한항공 조 회장님 일가.

감방에도 가고 아웅다웅 미워하는 마음 재판에 두려워하는 번뇌 망상의 하루와 가진 것 없이 공기 좋고 물 좋고 설악산의 정기를 받고 동해 바다 파도의 애환들과 놀고 있는 나와 누가 더 행복할까요? 잉! 암만!

미스트롯에 나오는 두리같이 거울아, 거울아, 이 세상에 누가 제일 예쁘니?
"웅! 나라고. 이 세상에 제일 예쁜 여자는 거울공주라고, 하하하, 랄랄라라요."

부귀영화 권력과 재벌들도 이 세상에서 제일 무섭고 두려운 죽음에 자기들이 죽음 후를 모르기에 죽음에 두려운 공포 속의 사람과 아무것도 가진 것 없지만 죽음 후의 나를 알고 있고 우주 세상에 신☀의 빛 속에 나의 영혼도 빛이 되어 세상에 사랑과 자비를 줄 것을 알고 있는 나와 누가 오늘도 더 미래를 위해 행복할까요? 잉~!

오늘도 아내는 나에게 또 '쫑코'를 먹인다.

쥐뿔도 없는 자가 쓰잘데기 없는 꽃이나 좋아하고, 쑥 캐고 나물 뜯는 데는 욕심을 부리면서 어찌 돈은 한 푼도 못 벌어 오는지….

이 세상살이는 뭐니 뭐니 해도 '쩐'이여!
거시기, 뭐시기 해도 돈이여 돈이란 말이여.
일본 말로 '오까네', 미국 말로 '달러'란 말이여~ 앙~ 캭!

돈도 없는 주제에 잘난 체를 하지 말든가

'요로코롬' 나를 기를 팍 죽여 놓으니 나는 우쩔거나~ 요~ 잉!

나를 데이터(DATA)를 해보자.

오늘의 실패는 내일에 더 나은 나를 만들더이다.

만약에 내가 103번 도전에 103번 실패를 하지 않고 한 가지만이라도 성공을 했으면 '아마도'좀 거들먹거리고 술도 마셨을 테고, 술이 들어가면 내 자랑이나 해대고 아마도 지금까지 살아 있을 확률이 1%도 안 될 것이 뻔하다.

살아 있다고 해도 허파에 바람이 들면 가을무에 겨울에 바람이 든 것처럼 될 테고…

지금 생각하면 만약에 당산동에 식당 겸 콜라텍을 운영하는 것이 내가 술을 매일 20년을 먹어서 위가 '빵꾸'가 세 곳이 나고, 간암에다 폐에 피가 가득 차서 정맥 시술을 하고, 결국은 내 가게도 쫄딱 망해서 그만두고, 영랑호반 청초호반도 아내와 산책을 하니 너무 행복한 삶을 살고 있는데 그렇지 않고 내 영업을 지금까지 하고 있었다면 데이터(DATA)를 해보자.

지금 아내가 말하듯이 원래 병원에 잘 안 가는 성격이라 간암으로 100% 죽었을 것인데 위가 터지는 바람에 살았고, 두 번째는 의사를 잘 만나서 산 것이라고 누누이 말한다.

그러지 않고 그럭저럭 그대로 운영한다고 해도 2018년 자영업 난타의 정부시책 소방검열 2019년 코로나 19에 아마도 쫄딱 망하고 빚까지 지고 날려 올 것이 '뻔할 뻔' 자라면….

나의 삶이 어릴 때부터 악착같이 돈을 모으고 어느 분야든지 들어가면 그 분야의 1인자가 되려고 하루에 잠을 세 시간만 자고 일요일 한 번 쉬지 않고 열심히 일했다.

결국은 다 망했다.

오늘이 내 인생을 돌이켜보면 모든 것이 내 운명이었다.

나의 모든 절망의 운명은 신◇이 주는 것임을 깨달았다.

소인들은 운명을 피해가려고 허튼 수작을 부리고 군자는 운명에 싸워 이긴다.
이 세상 어떤 죽임에도 당당하다.
그것은 오직 진리의 길을 가기 때문이다.

2019년 1월 15일 화요일, 미세먼지 최악

오늘의 깨달음

아침에 태양이 속초의 동쪽 해수욕장 해변 위에서 먹구름과 흐릿한 속에서 찬연히 떠오른다.

세상은 0이다. 나의 존재도 나의 영혼도 없고 0이더이다.

신 ☼ 은 나에게

이것이 너의 운명이고 0에서 깨어나라고 하시네요.

(1) 0은 우주를 뜻함

(2) 0은 무, 무상, 무심의 해탈을 뜻함

(3) 0은 중도의 깨달음을 뜻함

어느 날 내 마음이 아무것도 없고 해탈을 깨닫고 진정 내가 죽음에 하얀 게 두 번이나 죽어봤기에 불교 최고 경전 『마하반야 바라밀다 심경』의 경전을 이해했고 깨달았다.

신 ☼ 은 왜 나를 그길로 가라고 하지?

우주 세상의 영혼인 신 ☼ 또한 사람들이 아무것도 없다면 아무것도 없는 0인데 나는 왜 0의 길을 가라고 하지?

0 속에 한 티끌만 일어나면 세상은 거짓이 있으면 진실이 있고, 어둠이 있으면 밝음이 빛이 있고, 악이 있으면 선이 있고 우주 세상 원리가 그러하다.

큰 깨달음이란?

우주 세상의 원리를 깨닫는 것이요, 작은 깨달음이란 어느 길이 진리의 참 길인가를 깨닫는 것이다.

한 송이 연꽃이 세상의 연못 위에 피기까지 차가운 연못 아래서 진흙 땅 속에서 얼마나 많은 악들 속에 아픔의 고통에 인내했던가?

하지만 연꽃은 악이 없었다면 어찌 연꽃으로 연못 위에 세상에 아름다움을 주는 연하고 화려하게 꽃 피울 수 있을까요?

이런 세상의 원리를 깨달으면 '어찌' 세상의 악을 미워할 수 있단 말이오.

업보란?

검찰의 내 편 봐주기 부정 청탁! 이름 없는 잡초 꽃이라도 피울 수 있게 업을 닦을 때 영생(미래) 죽음 후에라도 잡초 꽃들이 모두 모여 세배 이상을 은인 은혜를 받은 것에 보답하는 것이 신☼이 우주 세상을 창조하실 때 진화론의 자동시스템으로 지옥과 천국을 만들어 놓은 것을 성좌님은 깨달은 것이다.

2020년 4월 20일 월요일, 흐리고 맑음

현재 지구촌은 산짐승들은 동네로 내려오고,

사람들은 오염된 도회지를 피해 산으로 올라가고,

원숭이가 연을 날리고 연은 허공에서 중심을 못 잡고 뱅글뱅글 도는 세상.

악한 자가 권력과 부귀와 명예를 차지하고 선한 자와 이 땅의 지식인은 가슴을 억누르며 신✧을 원망하고 '개코나 신✧이 있기나 하남요~잉!' 하며 코로 방귀를 뀌고 있는 오늘에 이 현실을 보며 나는 신✧을 조금도 원망하지 않는다. 마음이 조급하거나 애 떨지 아니한다.

그것은 나는 분명히 신을 믿는 것이 아니라 신✧을 확실히 깨달았기 때문이다.

신은 분명히 선과 악을 선별해서 심판한다는 것을 깨달았고, 아직은 때가 오지 않았기 때문이고, 나에게 주어진 운명이 내가 심판하지 않아도 분명히 신✧이 각자의 운명을 준다는 것을 나는 깨달았기에 나는 오늘에 내 운명에 최선을 다하고 하루를 살아가면 되는 것을 알고 있음이다.

만약 오늘의 내 운명이 악한 자들을 몰아내고 선을 위해 내 목숨이라도 걸어라 하는 운명이면 나는 그것이 나의 운명이고 진리의 길이라면 언제든지 죽음도 각오하고 있음이 오늘의 나이기 때문이다.

나는 수억만 마리의 새들도 만물의 짐승 동물들도 제 새끼를 낳으면 모성애로 애틋이 사랑하며 몇 개월 혹은 1~2년이면 어미를 떠나서 세상에 독립할 때 한 세상살이에 나쁘게 되지 않기를 간절히 바라고, 어미는 본능적으로 새끼들에게 냉혹하리만치 훈련을 시켜서 떠나보내는데 하물며 만물의 영장인 사람이 '꼭', '꼭', 초기 인성 교육을 충분히 시켜서 성인이 된다면 지구촌의 인간 사람은 새로운 희망의 새싹이 움터 올 것이다.

신☀시여!

　지구촌의 인간 사람들에게 3대 성좌 ☀의 이름으로 새로운 5차원의
희망의 ☀빛을 주오소서.

무명 시인 김몽득

대학 입시 제도에
대하여

2019년 10월 27일 일요일, 맑음

현재 대학입시 명문대 입시가 정시 20%, 수시 입학이 80% 법률이라고 한다.

그래서 정시는 말 그대로 하늘의 별을 따는 듯하고, 아니면 재수 삼수로 학부모와 학생은 고난의 싸움에 포기하고 아무 대학이나 들어가라고 하는 오늘날 대학입시 제도이다.

명문대에 꼭 가야 되는 이유는 첫째 취직이 문제이고, 두 번째는 인간의 허영심의 우쭐함 때문이리라.

자유민주주의의 철학은 약자를 도와주고, 좀 못 깨어난 만물을 조금 1차원 더 깨어나게 하며, 이 세상을 공존하며 함께 잘 살아가는 것인데 현행 대학입시제도 수시가 80%라고 하니 교육부의 이 법 자체가 독재이다.

어느 고등학교 사무총장의 비밀 방송국 기자의 인터뷰에서, 현재 대학입시 수시 부정부패가 다 밝혀지면 이 나라가 대학의 진리가 히로시마의 원폭에 맞아 아픔의 고통에 썩어가는 육신만큼이나 처참할 것이라고 했다.

이것이 자유민주주의 동방의 영롱한 아침 이슬의 참 진리의 교육인 대학입시 법이라니 개탄하지 않을 수 없다.

백과 돈이 지금 지구촌에는 진리를 지배하고 더 나아가서 진리를 무릎 꿇게 하고 감방 보내려 하고 있는 현실이다.

조국 사태가 그 본보기 '예'이다.

서울대학교 법학과 명교수와 아내 정경심 동양대 교수 부부가 자기 아들딸을 명문대학에 넣으려고 표창장 위조, 품앗이, 논문 부정, 장학금 타는 부패 등등 11가지 검찰의 기소를 보며 양심을 숨긴 내 편들은 윤석열 검찰총장을 쿠데타로 교도소 보내라고 하고, 양심을 내보인 사람들은 조국 사태는 부정부패가 확실하다고 인증.
〈속담〉 "손바닥으로 하늘을 가리려 하지 말아라."

그럼, 수시 대입 80%가 모두 부정부패인가?
나의 추측으로 1/2 40%는 부정 입학으로 보고, 그럼 40% 똑같은 부정인데 왜 조국 청와대 수석 비서님만 처벌받아야 되는가.

청와대 수석 비서실장까지도 40%의 부정이지만 그럭저럭 넘어갔다.

이유인즉!
헌법상 고위 공직자는 국회 청문회를 거쳐야 하고, 전자에 부정부패가 있는 사람인지 밝혀야 한다. 국회법 제 몇 조항에 명시되어 있기 때문이다.

조국 사태는 고위 공직자 중에서도 대한민국 법을 다스리는 최고 수장인 법무부 장관의 국회 청문회 때부터 시작이 된 것을 모든 국민들은 네 편 내 편이 아니라 정의의 진실과 부정의 거짓을 바로 알고 잘못한 것은 잘못한 점을 인정하고 억울한 것이 있으면 조목조목 따지고, 이런 것이 자유민주주의의 원칙이 아닐까 생각해 본다.

문재인 대통령님도 이번 조국 사태를 보며 정시모집 50% 수시모집 50%는 되어야 하지 않겠느냐며 금년 11월까지 대안을 내보라며 교육부 장관 및 전문 공무원에게 지시했습니다.

교육부의 대학입시 법이 금수저 법으로 잘못되었다고 인정되면 대학입시 제도 법을 바로 바꾸는 것이 맞잖아요. 안 그런가요? 잉!

저의 생각은 이렇습니다.

정시모집 70% 수시모집 30%로 하고, 수시 30%는 특기생으로 누가 보아도 전문 분야에 실력이 월등히 좋은 학생이나 재수생 중에 누가 보아도 인증할 수 있는 학생을 뽑아야겠지요.

대학입시에 수능 시험을 폐지하고, 전문 분야별 과목을 150~200개를 만들고, 초등학교 4학년부터는 전문 분야 40% 본 교육 60%, 중학교는 전문 60% 본 교육 40%, 고등학교는 전문 80% 본 교육 20%로 하고,

각 학기마다 초, 중, 고, 고등학교 1학년까지는 전문 분야에 적성이 맞지 않으면 바꿀 수 있게 하고, 고3부터는 대학입시 준비 시험을 학과 별로 예선, 결선, 패자부활전으로 TV 조선에서 미스트롯 진 송가인, 미 스터트롯 진 임영웅을 뽑듯이 각 전문 분야 심사위원을 구성해서 대학 입시 시험을 치른다면 진실하게 그 분야에서 실력 있는 자가 올라가는, 국민들도 다 알고, 보고 있는 이 시험제도가 미래의 지구촌을 위해서 도 바람직하지 않을까요?

초등학교 4학년부터 전문 분야를 하면 이 민족은 분명 세계 1위의 국 민과 국가가 될 것이고, 지구촌 세계 각 나라에서도 필요한 실력 있는 자가 대우받고 존경받는 민족이 될 것이 뻔한데도 법을 바꾸지 않고 불 법 쪽으로 가는 나라가 미래는 어떨까요?

만약에 실력이 모자라서 일찍 떨어진 자도 월급을 실력 있는 자와는 조금 차이가 나지만 그 분야에서 1등을 위해 도움 주는 일을 할 때 그 나라는 참 민주주의 국가로 세계에서 인정받을 것임이 아닐까요?
함께 잘 살아가는 세상이란?

거짓이 없고 진실함 속에 잘하는 것은 모두가 잘한다고 칭찬해주고 인생살이에 A클래스 사람들은 물론 부모의 유전자(DNA)를 타고나서 사회에 성공하는 경우도 있지만 전문 분야에는 A클래스는 많은 연구 와 노력을 했기 때문에 그 실력이 인정되고 그러기 때문에 월급도 조금 더 많이 받는 것이 당연하다.

B클래스, C클래스, D, E 클래스도 A클래스를 뒤에서 도와주고 했기 에 A클래스는 더 좋은 물건을 상품화하고 이렇게 함께 잘 살아가는 민

족이 이 지구촌에 중심이 되고 진실을 알아주는 지구촌에 인간다운 사람이 살아가는 희망의 새싹이 움터 올 것이다.

이 또한 참 민주 상원님 13인의 법안의 연구 검토 보충이 있은 후 법안 통과를 해야 '쪼끔' 잘못된 일이 있어도 그 국민은 그 시대의 지혜가 거기까지임을 알기 때문에 후회가 없는 법 통과가 될 것임을 나는 믿는다.

지금 지구촌은 가짜가 판을 치고 사람들은 진짜와 가짜를 구분하지 못하고 속이고 속고 사는 오늘 이 우주 세상을 보십시오.

인생 한낱 백 년밖에 못 살고 죽어가는 사람들아!

허영과 권력의 오만으로 살면 무엇 하니!

이 우주 세상은
(1) 오직 신✧의 빛과
(2) 우주 세상 삼라만상 만물의 영혼과
(3) 내 안에 신✧의 유전자를 받고 사람으로 태어난 내 안에 양심이 거울같이 보고 있음을 깨달아라.

오늘의 거짓과 허영심을 참회하지 않으면 평생 눈을 감아도 보일 것이다.

무명 시인 김몽득

나의 뇌를
좀 관찰해주오

2019년 5월 5일 일요일, 맑음

1992년도에 내가 자칭 5대 성인군자라며 연세대 앞 굴다리 아래와 동숭동 마로니에 공원에서 거적때기를 깔고 앉았던 때는 3년 전부터 나의 좌측 뇌가 찌릿찌릿 번개가 치고 깜짝깜짝 놀랐고 멍했다.

2016년 11월 18일 금요일 새벽 4시에 이대 목동병원 엠알아이(MRI) 검사로 나의 뇌를 촬영할 때 엠알아이(MRI) 기계가 고장이 났고 멈춰섰다.

2018년부터는 나의 오른쪽 뇌에 또 무수히 번개가 수시로 내리치고 2019년에는 좌측 뇌에 갔다가 우측 뇌에 번갈아가며 내리쳤다. 나의 뇌는 점점 더 멍해지고, 걸음을 걸을 때 어떤 때는 흡사 술 취한 사람 같아 걸음걸이를 애써 조심히 걷기도 한다.

이러다가 치매가 오는 것이 아닐까 낭패가 나면 큰일인데, 하고 정신을 차리려고 무수히 애를 써본다. 이럴 때 엠알아이(MRI)를 찍어봐야 하지만 이것은 100% 이상 없음이 나올 것이 분명하다.

현대 의술 4차원의 의술로는 잡아낼 수 없는 '신병'일까?

무술인 무당같이 수준 낮은 무술인의 무당 팔자에 내 인생을 비유한단 말인가?

내가 한강 모래사장에 혀를 박고 죽을지언정 그런 가당치도 않은 일에 나를 연관시키지 말라.

지금 나는 인류 역사상 3대 성좌의 길을 걸어가고 있는 사람임을 알아라.

그래도 나는 인간이고 사람인데 뇌 속이 멍한데 이 땅의 사람들과 희로애락을 생각하며 감정을 느끼고 살아가는 것이 인생인데 '우예' 살으라고 이렇게 멍 때림에 맞은 것처럼 살라고 하는지 아이러니하다.

신☼이 '침묵은 금'이라고 나에게 말한다.

너는 본래 문학이니 글로써만 표현하고 안 되면 말고 또 운명이 주어진 대로 문학으로 껍죽거리며 이 세상 우주의 영혼들과만 마음으로 대화하라.

그렇다. 오늘 밤에도 영동 지역에 돌개바람이 한 번씩 몰아친다는 고성군 양양군청에서 문자가 온다.

2020년 4월 21일 저녁 밤 11시쯤 속초 내 집에서 베란다 창문을 열고 밤하늘을 올려보니 달은 없고 별빛 몇 개만 떠 있다.

갑자기 속초 동해 바다에서 바람이 상큼하게 세게 내 창가로 휙 불어

오고 나의 느낌도 상큼하고 좋았다.

이 바람 속에 무수한 영혼들이 있음을 아는 나에게 뭇 영혼들은 내가 저희들을 알아봐주는 것이 좋은 거라. 그래서 내가 바닷가에 가면 평범하게 몰려오던 파도들이 내가 가면 더 신이 나서 축구 공(볼)을 골대에 밀어 넣듯 나에게 자랑하듯 나와 놀자고 생지랄 염병을 떨고 있음을 나는 안다.

내 베란다 창문에 갑자기 설악산에서 큰 돌개바람이 동해 바닷바람을 밀어낸다.

나는 말한다. 거참 속초 앞 바닷바람도 좀 재롱 떨게 냅두지, 그 꼴을 못 보고 바람을 밀어내고 있어, 알았다. 설악산의 정기들이 나를 지켜주고 보호해주는 것을 내가 다 알고 있지롱~ 암만!

그때 또 북쪽 바람이 내 아파트 동 골목 사이로 불어 아래에서 내 창문 쪽으로 휙 불어온다.
나는 이렇게 말한다. 너는 또 뭣이냐, "네가 왜 거기서 나와?"
영탁이 노래 아, 뒷골이야, 포지션을 나는 영상한다.

그렇다.
나는 이 세상 잘하는 것이 하나도 없다. '돌이켜보면' 만약에 내가 한 개라도 잘되어서 TV 방송국에라도 출연했다고 가정하면 아무것도 할 수가 없는 나임을 요즘 발견했다.

아마도 무대 체질은 아예 싹수가 없는 나이다.
원래 내 심장이 좀 약해서 좀 유명한 사람을 만나려면 청심환 두 개를 먹어도 떨려서 말이 안 나오고, 등골이 위로 달라붙어 숨도 못 쉬어요.

그리고 또 눈물이 헤퍼서 시도 때도 없이 눈물이 나오면 목이 메어 말이 메이고, 콧물은 덩달아서 이때를 놓칠세라 눈물이 멍석 깔고 분위기 잡아 놓았으니 콧물이 북 치고 장구 치며 잔칫집 분위기 다 망쳐 버리는 나이니 '우찌' 무대에 올라선대요? 생각하면 지금까지 103번 도전에 103번 실패한 내가 참 위대하지요. 암만! 그시기예~ 잉!

2019년 5월 5일 일요일, 맑음

아하! 이제 오늘에야 나의 뇌가 번개가 쳐오고 뇌 속이 온통 쩡~쩡 ~쩡 두꺼운 얼음판이 갈라지듯 아픔의 인고로 가득 채워줌의 뜻을 알았다.

〈답〉 그것은 '에너지'였다.

우주 세상의 창조 때부터 억겁의 뭇 영혼들을 나의 뇌 속에 다 집어넣어도 나의 뇌가 터지거나 (박아야로) 돌아버리지 않게 우주 세상에서 신☼이 내려준 에너지임을 이제야 깨달았다.

수억만 겁의 번개가 치고 멍 때림의 나의 뇌 속에 번뇌 망상이 없어지고 에너지로 가득 채워져 있음을 깨달으니 아하! 해탈을 아무나 하는 것이 아님을 또 깨달았습니다.

2019년 9월 28일 토요일, 흐림

속초 청초호반 옆 엑스포 기념탑 아래서 속초 시민의 날 기념행사 '설악을 걷다!'! 오후 6시부터 밤 9시까지 한다고 해서 금반지 10돈을 추첨해서 1돈씩 행운자에게 준다기에 속초 시민들이 엄청 많이 모였다.

무대에 이영숙 디자이너 팀 외 연예인 김지미, 사미자, 전원주, 정영숙, 가수 최성수 등이 출연한다.

나는 아내와 의자에 앉았고 속초에서 알게 된 사람들도 몇몇 보였다.
흐린 날씨에 비가 오지 않을까, 나는 어둑해진 하늘을 쳐다보았다.
어둑 하늘엔 설악산 위로 노을이 진 흔적의 여운이 불그스름히 구름과 어둠에 묻히려 하고 있다.

나는 내가 앉은 자리에서 내 위의 하늘을 우러러보며 신☼에게 내가 있는 이곳에 신☼의 은총을 내려주소서, 하고 마음속으로 바라며, 만약 이곳에 불행이 닥쳐서 내가 죽음에 간다면 이곳 이 자리에 성좌의 죽음에서 죽음이 아닌 이곳의 아픔으로 삭힌 거름이 되어 이곳에 새로운 영생초의 새싹이 움터 나올 성좌의 영혼을 알기에,

아하! 그래서 성좌의 죽은 자리도 그곳은 '성지'가 되는 것임을 깨달았다.

그래서 성좌의 죽은 자리에 불교에서는 사원(절)을 짓고, 예수교에서는 성지(성당)를 만드는 이유인즉 만약 내가 죽으면 속초의 엑스포 이 자리에 개코나 설악산에서 불어오는 바람 한 점이나 자나가련가.

성좌의 아픈 고통은 만인의 악을 대신해서 받는 것이요, 무명 시인의 이 헤픈 눈물은 만인의 사연을 신☼에게 보이는 삼천리금수강산의 영롱한 아침 이슬같이 햇살에 반짝이는 무명 시인의 눈물임을 사람들아 알아라.

　공연이 시작되려 할 때 나는 다시 하늘을 올려다보았다. 행여 이곳에 벼락 번개라도 내리쳐서 나 혼자만 죽으면 그런 기적이라도 내릴까, 하고…

　'누가 알겠는가!' 하늘에서 은하수 별들이 나에게로 은하수 다리같이 별빛이 쏟아져 내릴지. 그래야만 지구촌 사람들이 내가 성좌인 줄 알아봐주는 것이 아닐까요~ 잉!

　신☼이 기적은 바라지 말라고 누누이 알아듣게 과학적으로 설명을 했건만 아뿔싸! 나는 또 헛된 꿈을 꾸고 말았소~ 예! 잉!

　내가 성좌의 길로 가고 있는 것이 맞는 것처럼 내 옆에 있는 아내에게 하늘을 한 번 올려보라고 했다.
　하늘은 곧 밤비라도 내릴 듯 거무스레한 구름들이 속초 하늘을 덮고 있는데 내가 앉아 있는 위 하늘에 중심에서 사방 50m 정도만 파란 하늘로 있음에 '설마' 나 때문일까, 하는 쪼잔한 마음을 가져본다.

　내 앞에 펼쳐진 무대를 보며 저 무대에 내가 올라갔다고 생각을 하면 나의 등 뼛골이 흥분하고 벌떡거리다가 위로 올라붙어 버리면 숨이 막혀 한참을 가누든지 소주라도 얕은 페트병에 담긴 것을 마셔야만 안정이 되는 병. 이래서 나는 무대 체질이 0프로였기에 오늘날 나 자신을 찾고 행복한 노후를 살아가는 이런 운명을 무슨 운명인지 누가 좀 말해주이소예.

그런데 이게 우찌 된 일이뇨예.
나의 뇌에 에너지가 가득 차고부터 멍함으로 번뇌 망상이 '해탈'하고 나니 나의 등골이 오싹하지도 않고 모든 사람들의 행동이 어렴풋이 보일 뿐, 감정도 감각도 어둔해졌으니 내 얼굴엔 희빛의 미소만 일어나니 참 신기한 일이 일어났다.

이날부터 나는 우주 세상의 모든 영혼들의 주인이 된 듯 죽은 자와 산 자의 모든 영혼들을 움빛으로 사랑하고 좋은 곳으로 안내하는 주인이 된 듯하다.

에너지가 충만한 나의 뇌에서 사심과 번뇌 망상이 없다는 것은 이 세상 모든 일은 신☼이 할 것임을 깨달으니 나는 오직 순수의 ☼ 빛으로 우주 세상에 귀의하리라.

이것이 나의 새로움의 새싹이라면 현재의 나는 0.1%의 깨달음이겠지요.

예술가의
영혼 가치에 대하여

　시인의 영혼은 우주 세상이 깨어나는 아픔으로 인고의 세월 속에서 생명이 움터오고 죽음에까지 저 영혼들을 망울망울 꽃 피움을 창출해 내는 것이 예술가들의 영혼이 아닐까?

　① 섬세함의 전문적 표현 ② 진실성 ③ 영혼의 창출
이것들의 기법이 곧 예술가들의 작품이 아닐까?

　인생은 백 년 세월은 짧은 것이고, 예술은 천 년, 만 년, 10만 년 혹은 영원할 수도 있음이다.

　석가모니님은 현재 불기 2564년이고, 예수님은 현재 서기 2020년이다.
　2천 년의 세월이 흐르다보니 예수교의 목사님이나 불교의 스님들이 진리의 길에서 이탈한 자들이 많아서 종교가 ☼ 빛이 바래가고 있지만 두 분의 성좌님은 그 영혼이 이 세상 영원히 영생할 것임을 나는 깨달았다.

　현재 예술가의 영혼의 가치에 대하여 실제로 확인해보자.

　화가, 레오나르도 다빈치의 그림,

살바토르 문디 남자 예수를 닮은 모나리자 그림 한 점 값이 5천억 원에 낙찰,

모나리자 그림 한 점 1,360억.

내가 좋아하는 반 고흐. 처절한 가난에 시달리고 세상의 소리를 듣지 않으려고 자기 귀를 자르는 화가 예술가의 그림 한 점 값도 1천억 혹은 몇백억을 호가한다.

그 외 렘피카, 밀레, 로댕, 타마리드 등 음악 베토벤, 쇼팽 등등 예술가들의 영혼 값은 인간 사람의 정신으로는 상상이 안 되는 가치가 있음을 깨달아라.

현재 지구촌에서 인류의 역사에서 누가 제일 부자일 것 같은가?

나는 이렇게 알고 있다.

지구촌에 교회와 절이 차지하고 있는 재산이 제일 많을 것이다.

그것이 누구의 것인가?

바로 예수님과 석가모니님의 것이고, 세계에서 두 성좌 분의 재산이 제일 많은 것으로 과학적으로 판단될 것이다.

그러면 왜 성좌나 예술가의 영혼 값이 어마어마하게 비싼가를 과학적으로 분석해보자.

쉽게 요즘 일어나고 있는 코로나19에 비교를 한번 해보자.

이 세상 일어나는 모든 일이 신✧의 조화로 확신한다면 코로나19 같은 전염병은 물론 인간이 지구를 오염시킨 인과응보로 받은 것이지만 만약에 신✧이 이 전염병을 성좌의 간곡한 청으로 창출하지 않았다면

"여러분! 지구촌의 현재 죽음과 경제 난국을 돈으로 계산해 보십시오. 아~ 어마어마하죠? 예.

현 지구촌에 오늘 하루도 불교 신자와 교회 신자분들이 하루 기도하고 헌납하는 것을 돈으로 계산해본다면 어마어마하겠죠?

예술가들의 영감이라는 것을 돈으로 계산해보고 '특히' 성좌의 영감이라는 것은 만약에 지구촌을 한 단계만 인간이 사람답게 살아갈 수 있게 했다면 그 값의 가치는 엄청나겠지요.

성좌의 영감이 우주 세상을 한 차원 아름답게 한다면 그것도 돈으로 환산한다면 실로 어마어마함을 인간들은 꼭 깨닫고 성좌의 뜻을 따라 진리의 길을 가야 하고, 예술가들을 존중하고 귀하게 깨달을 때 세상은 한 차원 아름답게 깨어난다는 것을 알아야 합니다.

예술가들과 눈빛 한 번 맞추고, 예술품의 세상 속의 신비를 한 번 그려보고, 봄이면 꽃들도 보고 계절마다 신비함을 보고 내 마음속에 그 신비함이 있을 때 유전자(DNA)처럼 언젠가 어느덧 그 신비가 내 몸 안에 오는 것이지요.

내 몸 안에 선이 있으면 선이 찾아와서 둥지를 틀고, 내 몸 안에 악이 있으면 악이 찾아와서 둥지를 틀고 언젠가는 악을 저지르고 지옥으로 간다는 이치를 꼭 깨달아야 하겠지요.

무에서 새싹이 움터 옴이 유를 창조하듯

나의 뇌가 번개가 그리도 무수히 내리치고 나의 뇌는 에너지로 충만해지고 멍 때림으로 세상을 명황이 해탈하고 나니 2019년 9월 28일 속초 엑스포의 공연이 있던 날 이후로

신☆의 계시를 받은 성좌처럼 내 눈빛이 가는 곳은 성좌의 은총이 흐르고, 나에게 진심으로 잘하는 사람들은 신☆의 선과 악을 그 대가를 자동으로 그들에게 주듯이 나로 하여 저들에게 복과 행운을 주고 있음을 느낀다.

신☆이 주는 천국과 지옥은 중생에선 사람들의 눈에는 보이지 않아도 인과응보의 대가가 오가는 것은 분명하고 과학적으로도 확인할 수가 있다.

사람들 눈에 보이지 않아도 허공 속에 뭇 전파가 흐름을 알 것. 허공 속엔 뭇 사람들의 영감도 오고 있다는 것을 과학으로 증할될 것임을 사람들은 깨달아야 한다.

각자 자기 양심의 내면의 세계가 오면 얼굴 관상에도 어렴풋이 나타난다고 했던가?

예전에도 나는 인덕이 많은지 왜 나를 그렇게 좋아들 하는지 이해가 안 된다. 사람들이 나를 무슨 협회 등 회장 자리에 앉히려고 그리도 난리판인데도 나는 초등학교를 간신히 나온 나 자신을 알기 때문에 항시 거절해왔다.

우찌 된 일인가? 요즘은 나를 만나는 사람들이 더 나를 좋아하고 처음 보는 사람들도 나에게 인사를 정중히 하며 나를 껴안고 인사하고 싶어 하는 느낌을 받을 때

설마 내 얼굴에 성좌의 ☀빛이 나타나는 것일까, 하고 또 자랑하려는 쪼잔한 인간이 된다.

그러나 나는 마음속으로 저들을 위해 기도해준다.
신 ☀이시여!
저들이 선을 알기에 내 모습이 착하게 생겼으므로 친절히 공손히 나를 맞이해주는 것임을 꼭 기억하시고 저들에게 저들의 가족에게도 행운을 주오소서.

예술가들의 공통된 마음의 심리는 죽음 후에라도 그림 한 점에 몇 천억 원 이런 것이 중용한 것이 아니라 얼마를 받든지 자기 가족들 쪼들리지 않게 좀 살면 나머지 예술 작품 값은 진정 지구촌의 가난한 인간 그 외 지구촌 생태계와 자연의 보존을 위해 사용되었으면 하는 바람일 것임을 나는 잘 알고 있다.

성좌 또한 그러할진대 만약 나에게도 행운의 돈이 들어온다면 내 평생 아니 인류의 영원히 나를 위해 나로 해서 부를 갖지 말라. 이것은 나의 유언이다.

2019년 11월 24일. 나는 오늘
성북동 큰 사위네 갔다가 아침 산책으로 북악산성을 따라 올랐다.
서울특별시가 훤히 내려다보이는 산등선 위에서 이런 깨달음이 온다.

내 눈에 보이는 서울시를 다 가져라 하고 나에게 준다면 나는 관리 때문에 골치가 아플 것이다. 그러나 지금까지의 서울시 모든 역사의 영혼들은 내가 모두 지배할 수 있다.

충만된 나의 뇌는 우주 세상 모든 영혼들도 다 집어넣어도 되니 나는 정말 행복한 사람이다.

내려오는 길에 '한용운' 님의 생가 앞에 '님의 침묵'의 시 비석 한용운 님의 동상에서 아내와 기념사진 한 장을 찍고 나는 한용운 님의 손을 잡고 주문한다.

어려운 나라의 한 시대에 나라를 위하여 고생 많이 하셨습니다.
신◇의 영원한 가호로 이제 세상에 빛 하소서.

이 모든 정신이 예술의 정신이고 예술의 영혼임을 동물과 만물은 모르는 것이지만 인간 사람은 이것이 신◇이 살아 있음이 증명임을 깨달아라.

무명 시인 김명득

부부의 성격 차이
완화법

이 세상 모든 것이 내 탓이더이다.

내가 깨닫고 나니 지금까지 꽁하고 며칠을 골이 깊게 앙골지던 것이 어느덧 3초 만에 청산 위에 먹구름이 걷히듯 사라지고 파란 맑은 하늘에 흰 조각구름만 떠가고 있더이다.

아내와의 성격 차이에 대하여

사사건건 일일시비로 내가 하는 일은 아주 작은 것도 무조건 노(No), 안 돼!
반대부터 하는 성격의 소유자에 나는 어찌해야 하남요?
아내의 모습에 짜증나지 않게 하려면 나는 이 세상에서 단 한 개의 작은 일도 "안 돼"! 소리에 아무것도 할 수가 없는 것입니다. 심지어 일기를 쓰는 일까지지도 아무것도 하지 말아라, 쓰잘 데 없는 일기를 종이 값, 볼펜 값 들여가며 왜 하느냐입니다.

세 가지 예를 들면

① 요즘 모나미 볼펜을 문구점에 가면 천 원에 세 자루를 싸고 일 년

을 쓸 텐데 볼펜 자루가 있으니 오백 원이면 볼펜 심만 세 개를 줄 것인데 쓸데없이 낭비를 하지 말자는 공자님 말씀에 '글쎄요' 문구점에 요즘도 모나미 볼펜 심을 파남요? 오백 원 들고 갔다가 요즘은 안 판다고 하면 창피해서 어쩐대요~ 앵!

② TV를 볼 때도, 어떤 나의 중요한 이야기를 하다가도, 두 번 꾹 찌르면 나는 그다음 나의 뜻은 3초 만에 나가리시키고 청산 위에 먹구름이 걷히나 보아야 하는 나는 어떡해야 되남요?

③ 나는 1987년도쯤 인사동 화랑 전시회에 아내와 우연히 들렀는데 고 이중섭, 내가 좋아하던 분의 그림이 손바닥보다 좀 큰 것 1호 크기 그림이 4천만 원에 붙어 있는 것을 보고 옆에 있던 아내에게 우리 아파트 21평을 팔면 5천만 원인데 1천만 원짜리 전세든 월세를 가고 4천만 원은 이 그림을 사자고 말했다가 완전히 나를 또라이로 취급했는데 현재 21평 아파트는 5~6억 가는데 고 이중섭 그림은 47억 간다고 했다.

이렇듯 나는 베란다에는 꽃이 피는 화분이라도 놓고 싶고, 거실 TV 옆엔 크리스털 꽃병에 억새풀 몇 개라도 꽂아 놓고 싶고, 이번에 거실 벽에 걸 그림 조그마한 것 싸구려를 걸고 싶은데 아내가 헛돈 쓴다며 그림을 버리든지 못 건다고 했다.

이럴 때 여러분 같으면 어떻게 하실 건가요?

나는 아내와의 성격 차이를 이렇게 해결했다.

① 내 뜻과 맞는 사람과 함께 잘 살아가는 사람은 행복한 사람이고, 내 뜻과 잘 맞지 않는 사람과 잘 살아가는 사람은 위대한 사람이다.

② 적을 확실히 알고 나를 알면 백전백승이다.

그렇다. 벽에 그림을 붙이지 않고 집 안에 누가 오면 주겠다고 해놓고 내 방에 한 달을 둔 후 조금씩 아내에게 붙이지 않고 혹시 여기에 걸리면 허전한 벽지 보는 것보다 나을 것인데 조금씩 꼬드겨서 결국은 걸고 아내도 그림이 있는 것이 집 안 분위기가 좋다고 했다.

③ 아내는 천하의 미인이다.

열 번을 잘못했어도 한 번을 잘못했다고 말하지 않는 성격으로 이런 성격이 나빠서 다른 사람들과는, 다른 남자들과는 함께 인생을 동반할 수 없기 때문에 나같이 돈이 없는 나에게 차지가 오는 것 아닌가요?

암만! 천하의 미인은 아무나 갖고 싶다고 가져지는 것이 아님을 잘~ 아셨쫑~예!

아내가 나를 선택한 이유 세 가지
1) 사심의 욕심이 전혀 없고 진실한 마음
2) 모든 일에 열심히 부지런히 움직이는 성격
3) 만물을 작은 패랭이꽃도 사랑하는 마음
   때문이란다.

물론 인연이 아닌 사람과 만나지면 헤어지는 운명은 어쩔 수 없음을 잘 안다.

나는 나와의 인연에서 만난 사람은 모두 소중하게 생각한다.
나로 해서 이 세상 어느 누구에게도 피해를 주고 싶지 않다.
차라리 내가 고통스럽더라도….

운명의 장난인가?
숙명의 만남인가?
운명은 잠시 피해갈 수 있지만, '숙명'은 피해갈 수 없는 만남을 말한다.

나는 초등학교를 간신히 나온 시골 촌놈이고, 내 아내는 서울의 명문가 외동딸로 먼저 나에게 접근해와서 결혼했다. 그녀는 역시 1mm의 틀림이나 흔들림이 없는 예술의 기질이 있는 품격의 여자였다.

배움이 없는 나의 행동을 모두 고쳐 나갔다.
그러다보니 그녀는 악처 같았다.

그녀의 띠는 호랑이(범)띠였고, 나는 띠 중에서 가장 작은 쥐띠의 만남부터 뭔가 수상쩍은 숙명임을 이제야 모두가 운명임을 깨달았다.

그녀의 친동생은 러시아에서 교회의 목사이고, 나의 친형님은 이천에서 절을 운영하는 스님이다.

그녀와 결혼생활에서 나의 주장, 나의 권리는 모두 죽이고 내려놓고 마지막 인간이므로 똥고집 한 개만 남겨놓고 인생을 살아간다.
열 개의 생각은 모두 죽이고 한 개만의 삶 내 인생을 과연 이렇게 살아가야 할까요?

그녀는 악처이다. 왜 그럴까요?

내가 하는 일들이 야무작스럽게 하지 못하니 모든 것이 못마땅하니까 잔소리에 또 잔소리를 하니까요.

인류 역사에 4대 성인군자님 소크라테스는 악처가 있었기 때문에 4대 성인군자가 되었다고 했습니다.
그리고 대낮에 등잔불을 들고 사람다운 사람이 한 사람도 보이지 않아서 깜깜한 세상 등잔불을 들고 사람다운 사람을 찾아 나선 것이란다.

소크라테스님은 죽음의 사약을 받을 때 죄명이 젊은 영혼들을 진리의 찬연함 쪽으로 유혹한 죄란다.

제자들이 잠시 이웃 나라로 안전한 곳이 있으니 피신해 계시면 된다고 권유했지만 소크라테스님은 "악법도 법이다."라는 마지막 말을 남기고 죽음에서 4대 성인군자 반열에 오르셨다.

나의 삶도 돌이켜보면 평생 내가 선택한 직업이 모두가 무허가 영업이었다.
한번은 서울 구로경찰서에 연행되어 왜 무허가 영업을 하느냐고 묻길래 어쩌다 보니 무허가로 되었고, 그래도 이것으로 내 아이들 학교 보내고 내 가족들 먹고 살았으니 '무'허가도 나의 삶이더이다. 죄라면 벌을 받겠으니 처벌하라고 했더니 유치장 구류 5일을 감방에서 산 적도 있었다.

쥐띠인 내가 호랑이(범)띠의 아내 악처를 만났기 때문에 소크라테스님과 똑같은 길을 걸어봤고, 그 말씀의 뜻을 모두 깨달았다.

그때는 이 세상 모든 악은 나의 스승님으로서 나는 많은 가르침을 받았다.

출퇴근을 할 때,

① 길가의 화단 꽃밭에 담배꽁초가 있으면 저 꽃과 풀들이 아플까봐 주웠고,

② 버스에서 어느 아가씨가 '하이힐'로 서 있는 나의 발등을 밟았는 데 내 발등의 뼈가 부러진 듯 아팠지만 아프다 소리 없이 그냥 서 있으니 그 아가씨는 어쩔 줄 모르며 고개를 숙이고 "죄송합니다, 죄송합니다!"라고 할 때 나는 미소를 지으며 괜찮다는 표시로 고 개를 한 번 끄덕여주었다.

③ 길 가던 사람이 길 옆에 가래침을 뱉을 때 내가 걸음이 좀 빠른 편이라서 그 옆을 지나가는데 그 사람의 가래침이 내 얼굴에 붙었 다. 나는 기분은 좋지 않았지만 잠시 멈춰서 손수건을 꺼내서 내 얼굴을 닦고 그냥 걸어가는데 뒤에서 "죄송합니다!" 하고 말이 들 려오기에 나는 뒤돌아보며 미소로 고개를 끄덕여주었다.

그때는 나는 가능한 한 '침묵은 금이다' 하고 침묵을 지키고 있을 때 였다.

신☼이 나에게 시험문제를 한 단계 올라갈 때마다 세 번의 시험에 합격하면 내 인생이 한 차원씩 높아지는 것을 깨달았습니다.

그래서 어떤 고민과 나쁜 악이 나에게 올 때 이 악운을 피해가려고 무당을 찾든지 돈을 쓰고 백을 써서 거짓 속임수로 넘어가거나 피해 가

면 그 나쁜 악운은 언젠가 분명히 나에게 또 찾아오는 것을 깨달았습니다.

이 악운은 죽음 후에도 나를 찾아오고 나는 괴로움의 고통 이 악운에 시달려야 하는 것이 이 세상의 원리이고 이치임을 깨달았습니다.

나에게 찾아오는 이 악운의 시험에 내가 세 번을 이기고 나면 나에게 찾아오는 청산 위의 먹구름이 어느덧 맑은 파란 하늘에 흰 조각구름이 되어 나에게 도움을 주고 나를 위해 저 몸의 죽임도 감내하며 나를 좋아하는 것을 깨달았습니다.

그래서 나는 내 인생에 가장 무서움에 질겁하는 사마귀 벌레 큰 놈이 가을 길 아이들 돌에 맞아 사지가 찢어지고 머리는 터져서 피투성이가 되어 날개만 바람에 휘~져 휘~져 날리는 시체를 내 뒷주머니에서 꽃무늬 화장지 세 장에 감싸서 석양이 노을 지는 저녁 무렵에 고척동 뚝방 9부 능선에 묻어주었다. 그리고 작은 봉분 위에 옆에 있던 하얀 잡초 꽃 햅뜨게 꽃과 하얀 감창꽃을 꺾어 놓아주고 좋은 곳 가라고 묵념 3배 올리고 어둑해서야 텅 빈 내 사무실 구로동에 돌아왔다.

나는 진흙탕 길가에 구루마의 바퀴가 지나가고 군홧발이 철벅철벅 밟고 지나간 옆에 흙탕물을 뒤집어쓴 채 아직도 생명이 붙어 있는 나도 꽃이요, 하고 조금 내밀고 세상을 보고 있는 패랭이 자주색 꽃을 보며 눈시울에 이슬이 맺히며 울어본 적도 있다.

나는 무명 시인 장용득이다. 흔적 없이 산등선 위에 홀로 피었다가 혹한 겨울을 이기고 천둥 번개 비바람 맞으며 흔적 없이 사라질 무명의 잡초 꽃이다.

하루하루 나에게 다가오는 모든 악들을 꽃피우지 못함의 내 지혜가
원망스럽고, 꽃은 못 피울망정 내가 오기를 내고 화를 내며 남의 쪽박
을 깨뜨렸을 때는 나 자신이 밉고 내가 이 세상에 있다는 것이 창피하
고 죽고 싶었다.

이런 모든 시험이 끝나고,

1992년 자칭 5대 성인군자 탄생의 작은 피켓을 들고 연세대 앞 굴다
리 아래, 동숭동 마로니에 공원, 홍대 앞 옆에서 거적때기를 깔고 팻말
에 자칭 '깨달은 자임이요' 이 세상 어떤 것이든지 질문을 하라고 써 놓
고,

그때 『퀸』 잡지 11월 호 4페이지에 이상한 거지 시인으로 실렸던 것
이, 지금 생각하면 5대 성인군자 도전에서 실패를 했던 것이 참 다행임
을 깨달았습니다.

이것 또한 '운명의 장난인가?
숙명의 만남인가요?'

속담에 "늑대를 피하고 나니, 호랑이를 만난다."

쥐띠인 내가 호랑이(범)띠인 악처에게 나의 뜻 아홉 개를 다 빼앗기고
간신히 겨우 한 개만을 남겨서 집 나왔는데 이번에는 호랑이보다 더
큰 용띠를 만났다.

쥐띠가 간신히 용꼬리 잡고 속초까지 왔는데 이번에 한 개 남은 내 인생의 뜻마저 내놓으라고 하니 "참, 나는 어떡한대요, 글쎄."

한 개의 내 인생마저 내어주고 나니 내 인생은 0이고 0이니 해탈이 되고…:

예수님의 "원수를 사랑하라!" 하심의 원리를 깨달았고,
우주 세상을 창조하신 영혼이 하나님 아버지임을 깨달았고,
석가모니님의 『마하반야 바라밀다 심경』의 불교 최고 경전을 깨달았고,
우주 세상은 모두 하나의 부처이고 어머니 마음 같은 자비로움이
불교의 부처님임을 깨달았습니다.

지금의 나는 5대 성인군자가 아니라

신 ☀ 의 빛으로 3대 성좌의 탄생임을 우주 세상에 알리노라.

무명 시인 김몽득

나의 마지막 업보를 닦으며
- 내 고향 감포와 장(張)씨의 시조 장(張)가계를 둘러보며

2019년 10월 13일 일요일, 흐림

나의 직계 부모 형제 모두 돌아가시고 마지막 한 분 남은 누님이 운명할 것 같다는 비보를 받았다.

내 고향 경주시 감포 바닷가이다.
어릴 적부터 한이 서린 내 고향.
악착같이 돈을 벌어 성공하겠다고 16세에 무작정 서울로 상경했지만 아직도 평생을 성공 한 번 못하고 지금도 이러고 있다.

내가 성공하면 고향에 가서 나를 좋아하고 따르던 친구들과 부둣가에서 막걸리 한 잔이라도 하며 회포의 한을 풀고 싶지만 나는 아직 친구들과 막걸리 한 잔, 식사 한 끼를 마음 놓고 먹을 형편이 못 되니 옛 어릴 때 친구들을 마주칠까 봐 두렵고 창피하다.

누님 또한 평생을 한이 맺혀 살아온 누님인데 죽음 후 영혼을 만나는 것보다 살아 있을 때 얼굴 한 번이라도 보며 이 땅에서 한을 세상에 던져버릴 결심을 하고 고향으로 내려간다.

없는 돈 차비와 식사 숙박비를 챙기고 창피하지만 봉투에 10만 원을 흰 봉투에 넣고 고속버스를 갈아타며 고향으로 내려가는 마음은 차분하면서도 약간은 친구들을 우연히 만나게 되기를 기다리면서도 만나게 되면 절대 안 되게 모자를 눌러쓰고 내려갔다.

경주 동국대 병원에 옮겼다기에 동국대 병원을 찾아갔다.
간신히 나를 알아본 누님은 앙상한 나무같이 말을 못 하고 가슴으로 한을 삭히며 눈물을 흘리셨다. 나의 눈에도 억지로 참으려 했지만 눈물이 흐르고 있었다.

누님도 오직 우리 둘, 형과 나만을 위해 잘되길 빌고 바랐었는데 이번에 내가 간암으로 이대 목동병원에서 죽었으면 지금 누님의 얼굴 한 번도 못 보았을 텐데 누님도 그 한도 사무치는 거라.

나는 누님을 위로해 주는 말을 이렇게 했다.

누님! 인생을 지금까지 살아보니까 잘나고 못난 사람들도 똑같이 그렇게 살다가 죽음에 가야 하는 인생이더이다. 하루만 살다가 죽은들 백 년을 살다가 죽은들 아쉽지만 모두 다 그렇게 죽음이라면 언제든지 죽음이 오면 그때가 죽음입니다.

오늘 하루 내 생명이 살아 있고 세상을 볼 수 있으면 누님은 세상에 태어나서 착하게 강하게 살아오셨기 때문에 영혼도 신☼의 축복을 받을 것이니 이제는 누님의 한을 이 땅에 내려놓고 오늘 하루도 살아 있고 세상을 볼 수 있으면 세상에 아름다움에 보고 간다는 감사함을 보내며 마음 편안히 가지세요, 하고 말했다.

조카에게는 10만 원 든 봉투를 내밀며 다음과 같이 말했다.

삼촌이라고 도움을 줄 수 없어 미안하구나. 내가 요즘 속초에서 기초 연금 매월 24만 원 그것으로 살아가다 보니 그렇구나. 삼촌이 처음이 자 마지막으로 너에게 해주고 싶은 말이 있구나. 앞으로 너에게 좋은 일이 오면 그것은 네가 전생에 잘했던 일이 있었기 때문이고, 만약에 너에게 나쁜 일이 닥쳐오면 그것은 너의 전생에 업보로 오는 것이구나 를 깨닫고 중생(현재)에 이승에서 업보를 진실하게 잘 닦아서 미래에 너 의 영생의 꽃을 피우거라.

업보를 닦을 때는 치매 온 내 부모를 돌보듯 정성껏 모시듯이 업을 닦고 악을 대할 때는 어머니가 살인자인 자식을 안타까워하듯 하고 언 젠가는 악도 본연의 인간으로 돌아오면 그때는 뉘우치고 미안해하겠지 하는 마음으로 악을 대하라.

경주시에서 감포 가는 길은 보문 엑스포 단지를 지나 동쪽으로 바다 가 있는 곳이다.
버스를 타고 40년 만에 들어가 보는 저녁 밤 고향의 바다 위에는 먹 구름이 어둑함 속에도 나를 맞이하려고 먹구름 사이로 휘영청 붉은 보 름달이 내려와서 나를 맞이해주는 이것은 무엇입니까?

나의 생일이 음력 1948년 정월 대보름날.
그래서 나는 달빛에 영감을 많이 받고 있음도 깨달았는데 먹구름 속 의 달빛도 나의 한을 알고
성좌의 나를 맞이해 주려고 어두운 먹구름 속에서 나와서 바다와 나 의 고향 산천을 비춰줘서 고맙구나.

10월 14일

먼동이 터오는 축간 등대 앞에 서서 나는 내 어릴 때 한들의 회포를 회상하며 어쩌면 이제 내가 이곳을 떠나면 영원히 나의 고향 바닷가와 산천을 찾아오지 못할 것 같아 여기에 나의 부모 조상들의 저 영혼들은, 한에 사무친 저 영혼들은 누가 극락 환생을 시킨다 말인가.

나는 고향 바다와 산천에 한으로 있을 모든 영가들을 환승시킨다.

나는 신◇에게 먼저 기도를 올린다.

신◇이시여!
나의 고향 감포의 바다와 산천에 한으로 있을 나의 부모님 영혼과 나의 집안 나의 조상님의 모든 영혼들을 오늘로 승천하게 하시어 환승의 세계로 가게 해 주오소서.

이 못난 성좌의 이름으로 신◇에게 고합니다.

아침 태양은 불그레 떠오르고 바람이 몹시 부는 축간 등대에 서서 양팔을 벌리고 모으며 나는 신◇에게 세 번의 기도를 올렸다.

내 부모님, 내 집안, 내 조상님의 모든 영혼들을 나 성좌의 이름으로 내 평생의 한 맺힌 심정을 풀며 신◇의 세계 환승의 나라로 승천케 하였다.

이제 나는 내 고향에 여한이 없다.

나로 해서 얽히고 얽인 모든 영혼들을 승천시켰고 환승할 것이다.

'우찌 이런 일이!'

나는 해탈하였다.

무명 시인 김몽득

나의 시조의 땅 중국 장(張)가계 여행

"우찌 이런 일이 다 있노!"
나의 시조의 땅 중국 장가계를 가보게 될 줄이야.
꿈엔들 "우찌 이런 일이!"

내 평생 처음으로 비행기를 한 번 타보고 그것도
① 천하의 요염한 양귀비 궁궐 목욕탕과 천하의 무적 진시황릉 무덤과
② 하늘의 입구 문 천문산과
③ 나의 시조가 살던 신선이 놀던 곳이라는 장가계와 원가계를 간단다.

딸을 둔 부모는 비행기 타고 여행 간다는 말이 있는데, 나의 두 딸들은 저 먹고 살기가 바쁘다는 현실로 나를 비행기 못 태우고 남의 딸과 사위가 어머님 아버님 여행 다녀오시라고 하니, "우찌 이런 일이!"

참, 고마움을 잊지 않을게.
신✿의 은총이 은하수 별빛으로 그대들에게 내릴 것을 기도드린다.

2016년 11월 15일, 119 앰불런스에 실려 가서 그때 죽음에 가버렸으면 일평생 비행기 한 번 못 타보고 속초의 바닷가 설악산의 정기 울산 평풍바위의 그 웅장한 힘의 원력도 모른 채 죽어서 흔적도 없으면 "우찌 할 뻔했노!"

하기야! 나같이 착하고 영리한 놈 죽음으로 데려갔으면, 저승이 있다고 하믄,

아침마다 까치가 울면 반가운 임이 오시려나가 아닌, '까마귀가 되어' 까악! 까악! 착하고 일만 죽도록 시키고 사망케 하였다고 악담! 악담을 해대는 '꼴' 보기 싫으니까 이승으로 '빠꾸 오라잇!' 해서

이승에 가서 실컷 놀고, 실컷 보고 오라고 해서 '요로코롬' 비행기를 타고 천하의 미인 아내와 중국으로 여행을 간다오.
"옴마니, 좋은 것~ 요~ 잉!

천하의 미인 양귀비 목욕탕을 둘러보고 밤에 양귀비 쇼를 하는데 실제로 있는 산을 세트장을 만들고 그 높은 산천을 조명하며 하늘에서 양귀비가 날아 내려오는데 궁궐 안이 온통 세트장이 되고 물과 불꽃이 요동치는 속에 양귀비의 궁녀들의 요염한 자태와 풍악 소리에 어우러지는 쇼는 ① 그 크기와 ② 그 웅장함과 ③ 그 시적인 연출은 내 평생 이런 쇼는 처음 본 것이다.

입장료가 야외 밤인데도 1인당 7만 5천 원이고 아내와 둘이면 15만 원.
현찰이라 안 볼까 했는데 '아뿔싸!'
이런 쇼를 놓치면 평생에 후회할 뻔했다면 어느 정도인지 감이 오남요?

"와~우, 와~이"를 끝날 때까지 놀란 기색으로 가슴이 콩닥거리며 보았다면 정말 어마어마한 생 쇼를 관람했다니까요~잉!

환상의 쇼

높은 앞산과 궁궐과 연못에서 펼쳐지는 대역사 서사시적이면서 중국 대륙의 이색적인 화려하고 욕망의 야심과 여인의 요염한 나체의 신비로

움의 조화가 황실에서 펼쳐지는 대역사의 드라마의 한 장면 와~우! 대역사 서사시!

중국의 최고의 명시인 이태백 시인도 양귀비의 나체에 '뿅' 갔다고 하니 그녀의 신비는 어느 정도인지 나 무명 시인도 '아리송'해진다.

아무리 그래도 지금 내 옆엔 천하의 미인이 있는데 내가 멍청이가 아니고서야 산토끼를 잡으려다 집토끼를 잃을 순 없지요~잉! 암만! 거시기예요!

중국 여행지 다음 코스

버스를 타고 중국 최고의 아니 세계 최고의 무덤 진시황릉에 간단다. 진시황릉 문 앞에서 나는 이런 생각을 한다.

중국 대륙의 43개 나라를 통일하고 평생 늙지 않을 불로초를 세상을 뒤져서라도 구해오라는 그 기백 앞에 ☼성좌라고 자부하던 내가 약간 긴장되고 망연자실해지려고 한다.

나의 영상엔 진시황제와 한판 붙는 필름이 이미 "레디 고!" 하고 돌아가고 있다.

진시황제의 대범하고 철학적이고 미래를 짐작하고 있는 호령 앞에 연약하리만치 큰 호통의 억압에도 과연 나는 내 목숨을 내어놓고라도 진리의 길을 갈 수 있을까.

진시황제와 나 진리 성씨가 같으니까 아무래도 쪼끔은 봐줄랑가 벼랑 끝에서 기대는 비굴함만 낳는다.

나는 신☀의 이름으로 성좌이고, 성좌는 우주 세상을 지배하고, 진시황제는 기껏 지구촌도 모두 장악하지 못하는 중생의 사람일 뿐이다. 어디 한번 붙어보자.

진시황제는 여기 성좌가 왔으니 무덤에서 일어나서 신하라도 보내어 나를 맞이하라.
그것이 예일 것이다.

나는 우리의 안내 가이드를 따라 진시황릉을 돌아보았다.

진시황릉 무덤은 중국 당국에서 아직은 공개할 기술이 부족하여 일부만 발굴하고 아직 진시황릉 본 무덤은 발굴하지 못하고 있다고 가이드가 말해준다.

나는 투덜거린다.
"아니! 어쩌면 나를 만나야 진리로서 나를 이길 자신이 없으니까 무덤 속에서 못 나오겠지요? 요로코롬" 내 해석을 해버린다.

이렇게 중국의 1박이 끝나고 다음 날 또 비행기를 타고 또 버스를 타고 장가계 원가계 들어가는 첫 입구 금난애 계곡에 선 봉우리들이 어마어마하게 크고 높게 불기둥 같이 서있는 모습에 감탄사가 절로 나온다.

엄청난 관광객들이 감탄을 하고 두 손 합장으로 절을 하며 산신령님에게 빌듯이 봉우리에 소원을 빌고 봉우리의 기운을 받아가려고들 한다.

나는 마음속으로 나는 성좌 ✧이니 저 산들이 잘 서있는 것을 볼 뿐이고, 저 명산들이 내가 이곳에 온 것을 영광으로 생각하고 내 눈과 한 번이라도 더 마주치려고 요리 보고 조리 보고 오늘은 참 영광스러운 영혼으로 나를 신비롭게 맞이해야 하겠지요. 암만!

원가계 위에서 바라본 장가계의 신비스러운 산봉우리들은 정말로 신선이 놀다가 하늘로 승천한 모습의 자리 같았다.

신비의 산봉우리들 아래의 아득한 계곡들의 비옥 같은 절경에 세계 제일의 명산 같았다.

이런 곳이 바로 내 눈앞에 펼쳐지는 신비의 산봉우리들이 나의 성씨 장(張)씨의 태초 시조가 살았던 곳이었다는 가이드의 설명을 듣고서야 이곳이 나의 태초 조상이 살던 곳이라는 것을 알고 나니 감회가 새벽 안개 속에 여명의 새로운 희망의 씨앗에 새싹이 움트는 느낌이다.

참으로 신기하다.
"우찌 이런 일이!"
나는 마음속으로 양팔을 펴고 합장을 하고 세 번 신 ✧에게 기도를 올리고, 나의 시조 張가계에게 인사를 정중히 올렸다. 신선이신 張씨 수십대 손이 이 땅의 성좌가 되어 이렇게 금의환향하여 찾아와서 인사 드린다고…

모두 신선이 됨을 감축드리오며 신 ✧의 가호가 있기를!

무명 시인 장용득

이제 이 땅의 나의 한들은 모두 풀었다.
마음이 홀가분하다.

4일째는 천문산으로 케이블카를 타고 대장정의 높이에 올랐다.
천문산, 하늘로 가는 문이라는 뜻이다.
산 자체가 어마어마하게 크고 웅장함의 높은 산 위에 천문이 있다.

아하! 중국의 산세가 어마어마하게 크니 중국 대륙에 장수들과 시인
및 명인님들이 많이 태어났구나. '하지만' 천문산과 어마어마하게 큰 돌
산들이 힘이 센 장군봉이 바보 온달 장군님이라면 지금 내가 살고 있
는 속초의 설악산은 질이 있고, 물과 돌이 아름다운 평강 공주임을 밝
히는 것이다.

중국 대륙의 어마어마한 큰 힘센 바위일지라도 지금 성좌인 나를 보
호하고 내 가정을 보호하고 있는 설악산 좌청룡 신선봉 아래에 있는 울
산 평풍바위의 그 아래 산이 받치고 있는 위엄의 장엄함은 이 세상 어
느 큰 산이라 한들 여기에 비할 순 없을 것이다.

속초의 설악산은 돌산으로 수억 겁의 빗물에 닦인 옥 같은 계곡의 맑
은 물에 선녀탕들이 굽이굽이 폭포의 물로 채워져 흐르고, 옥 같은 맑
은 물에 언제든지 뛰어들고 싶은 충동을 일으킨다.

가을 단풍이 들면 설악산 속에 오색 약수터 단풍이며 백담사의 단풍
들이 신비하고 아름다운 자연의 만추에 만인이 시인이 되는 설악산이다.

바로 앞의 동해 바닷가의 신비 또한 아, 푸른 바다여. 하얗게 밀려오는 물갈기는 저 사연을 나에게 안기려고 검푸른 바위를 때리고 나에게 안겨들 때는 나는 "와~우!" 하고 좋으면서도 뒤로 도망을 간다.

삼천리금수강산 동방의 나라 동쪽의 독도에서 찬연히 태양이 떠오르면 영롱한 이슬이 아침 햇살에 반짝이는 나라에서 한 성좌가 탄생한다네.

3대 성좌가 속초에서 탄생했음을 만천하에 공포하노라.

신 ☼ 의 이름으로!

중국 여행 중 좋았던 점과 나빴던 점들

좋았던 점들

① 진시황릉의 구경과 양귀비 궁궐에서 밤에 쇼는 내 생에 잊을 수 없는 최고의 쇼였다. 입장료 7만 5천 원이 아깝지 않았다고, 이 세상 모든 사람들에게 한 번은 꼭 보라고 권하고 싶다.

② 장가계 원가계 신선이 놀다가 간 곳. 세계 최고의 신비한 산과 봉우리. 일생에 한 번은 꼭 와서 보고 가야 할 곳. 그리고 천문산의 웅장함도 잘 보고 가노라고…

③ 나의 팀들과 만남의 참 좋은 인연들. 군산 팀 5명, 제주도 가족 팀 6명, 우리 부부 2명 총 13명이 한 팀으로 너무나 좋은 사람들을 만나서 아직도 그 사람들의 모습이 미소로 환희로 그려지듯 좋은 사람들을 만나서 즐거웠다.

내가 좋으니까 좋은 사람들을 만나게 된 건가?
아니면 그 사람들이 착하고 좋으니까 우리 부부를 만나게 된 걸까?
사람들이여!
그래서 매사에 착하고 성실하게 살라 했다.

나빴던 일들

① 중국 모든 시내에 공사 중인데다가 도심지에 나무숲이 많이 없어서 미세 먼지, 공사 먼지, 자동차 매연 먼지 때문에 사람들이 어떻게

숨을 쉬며 살아가는지 그 많은 사람들이 불쌍해 보이더라.

속초의 설악산 보호 아래 살아서 그런지 그런 곳이라면 중국의 주석 자리를 준다고 해고 나는 안 갈 것이다.

아무리 공기 정화를 해도 자연의 나무와 풀, 흙에서 나오는 냄새를 인간 사람들은 마셔야 건강하고, 그래서 자연과 더불어 살아가야 함을 깨달아야 할 것이다.

② 공공장소에서 담배를 피우는 사람들이 많고, 식당 안에서도 아침에 담배를 피우는 사람들이 테이블에 앉아 있고, 휴지로 식당에서 코를 푸는 사람도 있고, 중국 사람들의 얼굴에 미소가 없더라.

이런 것들이 바로 문화가 덜 깨어난 나라 같았고, 인성 교육이 제대로 안 된 나라, 미성숙한 나라같이 보여서 안타까웠다.

내 눈엔 그렇게 보였다.

인간이라면 이 세상에 태어나서 공동체로 서로 공존하게 살아가야할 초기 인성 교육은 꼭 받는 것을 지구촌 나라 각 지도자님께서는 명심 또 명심해야 함을 깨달아라.

③ 정찰제 가격은 그 나라의 문화 수준과 똑같음을 알아라.

첫날 우리 팀의 여자 한 분이 진시황릉 앞에서 노점상에게 기념품을 5만 원 달라고 하던 것을 1만 원에 샀다고 자랑한다.

나같이 흥정을 못하는 사람이 만약에 1만 원을 깎고 4만 원에 샀다면 완전 바가지요금에 중국 사람들이 원망스러웠을 것이다.

중국은 아직 인건비가 싸기 때문에 마음에 드는 좋은 물건들을 싸게 살 수 있을 텐데 완벽한 정찰제 가격이면 많은 물건을 살 텐데, 하는 생각과 여행사 가이드들이 % 와리를 먹는지 '아니면' 쇼핑 물품센터의 실적 올리는 종업원이든지 '하야튼' 강매를 하고 있더라.

여행 오면 마음에 드는 좋은 물건을 값싸게 사서 오면 여행 온 보람도 두 배가 될 텐데 기분이 찝찝하더라.

④ 와룡사 절에 가이드 따라갔는데, 가뜩이나 시내 공기가 안 좋아서 숨을 참으며 따라갔는데 와룡사 절 입구에서부터 향을 한 묶음씩을 사서 피워대니 향 연기까지 자욱한 절에 오래 머물면 폐병에 걸리겠더라.

향 문화는 요즘 딱 한 개입니다.

이 지구촌에 신☼을 숭배하고 신봉하는 것은 좋으나 남에게 피해를 주는 것은 분명히 나쁜 신앙임을 우리 인간 사람들은 깨달아야 할 것입니다.

무명 시인 김몽득

통일에 대하여

아~ 통일이여!

2018년 2월 평창 동계올림픽 때 북한의 현송월 예술단장과 삼지연 예술단원들이 한민족의 남산에서 공연을 하였다.

북한의 최고 영도자 김정은 님의 친서를 들고 여동생 김여정 부위원장님을 대표로 김영남, 김영철 등 핵심 간부들이 남한으로 내려왔다. 남한의 문재인 대통령님 내외분 등 많은 남한이 권력자도 참석하였다.

남산 해오름 극장에서 북한의 삼지연 예술단의 공연이 끝날 즈음 '우리의 소원은 통일'이란 노래 제창이 있자 남북이 하나가 되어 눈시울에 흐르는 눈물이 이 민족의 한을 토해내듯 진실과 진리의 심정을 나는 확실히 명확히 보았다.

한없이 흘러내리는 한민족의 한 서린 이 눈물.
누가 철조망으로 갈라놓았습니까?
왜 이제라도, 누가 무엇 때문에 철조망을 걷어내지 못하게 하는 겁니까?
누가, 왜, 무엇 때문에?

한민족이여!

우리의 영토는 삼천리금수강산 동방에 영롱한 독도에서 해가 떠오르면 밤에 내린 이슬들이 아침 햇살에 반짝이는 신비한 나라가 한민족의 영토임을 꼭 알고 죽음에 가서도 삼천리금수강산이 내 고향이요, 하면 신☀도 저승사자도 반가이 맞아줄 것임을 한민족이여 깨달아라.

통일의 방법은 오직 한 가지뿐 진리이다.

예수님의 말씀, "원수를 사랑하라!"

한 사람이라도 낙오되지 않게 함께 가는 방법이다. 하나를 따지고 둘을 생각하고 각자 자기의 이익을 추구한다면 한반도는 한민족은 지옥으로 낙오될 수밖에 없다는 것을 깨달아라.

통일에 대하여 나의 책,
제1권 280페이지(『통일의 대박꽃』)
제2권 204페이지(『3대 성좌 도전기』)
제3권 173페이지(『성좌의 깨달음』)에
통일에 대한 나의 방법을 대충 적어 놓았으므로 참조 바람.

한반도에 통일이 되면 세계가 평화가 오고 한민족이 중심이 되고 초기 인성 교육을 세계에 보급하면 지구촌 인류에 신비와 행복이 도래함을 한민족이여 깨달아라.

통일이 되는 것이 좋은지 안 되는 쪽이 좋은지 과학적 계산법으로 데이터(DATA)를 꼭 한 번 내보세요. "통일은 대박입니다요."

삼천리금수강산 한민족 여러분!

통일이 되면 지구촌의 중심 꽃이 될 것을 생각해보세요.

우리들의 자식들과 손자 손녀들 그리고 후세에 한민족의 나라, 동방의 아침 영롱한 나라 독도에서 해 떠오르는 나라 새 희망의 나라가 우리의 고향입니다.

북한의 김정은 위원장님과 남한의 문재인 대통령님께서 한반도에 통일을 이루신다면 지구촌 인류 만고 역사에 빛날 것인데 '무엇이' 두려우십니까? 죽음인들 이런 신☼의 영광이요 가문의 빛일진대⋯.

이 기회를 놓치면 지옥의 나락으로 언젠가는 떨어지는 것이 진리임을 아셔야 합니다.

통일이 왜 안 되고 있는가?

북한이 남한의 문재인 대통령 청와대를 향하여

① 소 뿔 위에 달걀 쌓고 있네.
② 가을 뻐꾸기 나무 쫓는 소리나 하고 자빠졌네.
③ 개 풀 뜯어 먹는 소리나 하는 헛짓이나 하고 자빠지고 있네.

2020년 3월까지 남한을 향해 북한이 해온 행동입니다.

문재인 대통령님은 통일에 대한 열정만 갖고 있다고 통일이 된다면 어쩌면 통일이 오히려 비극을 초래할 수 있음을 깨달아야 합니다.

왜 비극을 초래할까요?

① 통일이 되면 남한의 자유민주주의의 맛을 본 태극기부대 사람들과 북한의 김일성 일가 왕족에게 처참히 억울하게 죽임을 당하고 애절한 가정이 멸망한 무수한 사람들이 힘을 합치면 북한의 김일성 김정일 동상이 박살나고 태양궁전까지 깨부숴버릴 것이 뻔한 일인데 이 일을 미국 대통령 트럼프도 남한의 문재인 대통령님도 완전한 옵션을 제시하지 못하고 무슨 통일을 하겠습니까?

② 북한이 그나마 핵무기가 있기 때문에 일본도 여차하면 너 죽고 나 죽자고 하면 일본이 완파되면 한반도도 완파될 것이니 그래서 함부로 전쟁을 못 일으키는 오늘날 과학의 계산법인데 북한이 핵을 포기하라는 말이나 해대니 귀신 씻나락 까 먹는 소리나 하고 자빠졌다는 말을 들어도 값이 세일해서 "싸다, 싸."

나는 삼국지를 읽어보지 않았지만 중국의 『삼국지』에 "적을 바로 알고 나를 알아야 백전백승"이라는 유명한 말이 있다. 전쟁에서 가장 좋은 지혜는 싸움을 하지 않고 이기는 방법이라고 했다.

나는 이렇게 생각한다.

2018년 4월 27일 북한이 최고 영도자 김정은 위원장님이 남한 땅을 밟고 자유의 집에서 남한의 문재인 대통령님과 정상회담을 하고, 도보 파란색 다리 위에서 허심탄회하게 이렇게 가까운 곳의 민족이 70년을 철조망을 치고 원수같이 살아온 이 민족에 진실로 통일의 염원으로 새 봄맞이를 했다고 확신한다.

2020년 3월까지도 벌써 4월 27일이면 2주년이 되어 가는데도 남조선 동무들은 헛지랄이나 하고 있음이 나 역시 이 민족이 안타깝다.

적을 확실히 알고 나를 알면 백전백승이다.

군자는 두 번 이상은 애원복걸하지 않습니다.

아무리 좋은 지혜나 상대를 확실히 알고 조심히 가까이 가고, 그것마 저도 상대가 거부하면 두 번의 조심스런 제안을 해보고, 그것도 의심 이 가서 안 받아주면 다음 기회를 선택한다.

신✧은 진화론의 원리에 의해 때가 있음이고, 군자의 좋은 지혜도 이루어지지 않으면 아직 때가 아님을 깨닫는다.

나는 북한의 최고 영도자 김정은 위원장님 외 모든 북한 주민에게 이 렇게 제안한다.

삼천리금수강산 영롱한 아침 이슬의 나라 한민족은 꼭 이제라도 빨 리 통일을 해야 한다.
누구누구의 잘잘못을 따지면 통일은 못 한다.

새로운 희망이 지구촌에 ✧ 열리는 시대에 진정으로 원수를 사랑하 라는 예수그리스도의 성좌님 말씀을 한 번만 실천하자.

영국 왕실같이, 일본이 천황같이, 스페인 태국 등등 자유민주주의의 깃발을 달고 유엔이 인정하고 앞으로는 어떤 대국이라도 함부로 인간의 존엄성을 무시하고 점령하지 못하게 유엔이 강화되어야 할 것이다.

한반도 한민족이 통일이 되면 동방의 삼천리금수강산 영롱한 아침 이슬의 나라가 세계의 중심국이 될 것을 깨달아야 한다.

한민족이여!
우리의 자식 손자 손녀 후손들에게 자유민주주의의 철학을 물려줘야만 지구촌 인류에 새 희망의 신비함 속에 사람이 사람답게 살게 될 세상이 여명의 눈동자처럼 나타날 것이다.

분명히 말하건대, 통일을 이루게 하는 북한의 최고 영도자님이나 남한의 대통령님은 인류 역사에 영원히 길이 ☼빛날 것임을 맹세한다.

진리의 빛,
신☼의 이름으로 빛날 것이다.

2018년 무술년 황금 개띠의 해 이미 천기 하늘의 문이 열리고 한민족에 통일의 기운이 내렸다.
2019년 슈퍼 핑크 대보름달이 뜨고 유성우의 별빛 은하수들이 지구로 쏟아져 내렸다.
철원엔 하얀 눈밭에 흰 꿩 한 마리가 나타났단다.

신☼은 3의 숫자를 좋아한다.

'그래서' 통일의 선포는 2021년 3월 4일 날 북한의 최고 영도자와 남한의 대통령님이 손을 잡고 삼천리금수강산 동방의 나라 한민족의 통일을 선포해야 한다.

이 글을 정리하는 지금은 2020년 4월 25일, 맑음
북한의 최고 영도자 김정은 위원장님이 4월 14일 쓰러졌다는 유언비어 같은 보도가 나오고 오늘까지도 비밀리에 모습이 나타나지 않고 있다.

그래서 4월 15일 날 백두혈통 시조 김일성 주석님 탄신일 태양궁전에 참배도 못 했다는 보도와 위중설과 사망설까지 나돌았다.

후계자 김여정, 김평일, 김한솔까지 입방아에 올라 있다.

나는 언뜻 이런 생각이 든다.

요즘 북한의 김정은 위원장님 이하 남한의 청와대를 향해 개소리라 고까지 하니 삼지연 예술단장 및 간부들이 남산 공연에서 통일이 우리 의 소원이라고 눈물 콧물 짜던 것이 모두가 쇼였다 싶었다.

어쩌면 통일이 물 건너 가버리면 이제 36세의 김정은 위원장님이 90 세까지 정치를 할 텐데 차라리 이번 기회에 사망해버리고, 김평일 님이 나 김한솔 님은 그래도 자유민주주의 물을 먹었기 때문에 북한과 남 한 관계가 좋아지고 세계 미국이나 중국도 그런 계산을 하고 있지 않 을까?

그래서 김정은 위원장님의 사망을 바라고 있는 나 외에도 많은 사람 들이 바라고 있음을 말합니다.

2020년 4월 25일은 나의 생각이 확 바뀌었습니다.

만약에 김여정 님이 북한의 정권을 장악한다면 김정은 위원장님의 아들이 이제 열 살이라니 김여정 님이 수렴청정을 한다 해도 통일은 물 건너갔고, 김평일 님이나 김한솔 님이 북한의 최고 영도자가 되면 아마도 몇 년은 자기 관리를 해야 할 처지이므로 통일은 어느 천년에나 할 것인가요?

그렇다. 통일을 가장 빨리 하는 방법은 오직 김정은 최고 영도자임을 나는 확신한다. 왜 내가 미리 생각이 나지 않고 김정은 위원장님 보기 민망하게 했는지 마음이 쫄린다.

지금 나는 신 ☀ 에게 빌고 빈다.
설사 몸이 좀 불편하시더라도 빨리 일어나서 통일을 하고 역사에 이름을 빛내고 황족으로 궁전을 만들고 영원히 자손들도 영국의 왕실같이 안전함으로 행복의 세상을 보고 살다가 죽음에 가도 그것이 맞지 않을까요?

한민족의 성씨 김, 이, 박인데 삼천리금수강산의 통일에 신라의 시조 ① 박혁거세 ② 조선의 이씨조선이었고 ③ 백두산의 정기를 받은 김씨가 참 나라의 왕이 되면 맞지 않을까 하는 나의 생각입니다.

그리고 영국의 왕실같이 하나의 이 땅의 주인이 있으므로 네 편 내 편으로 또 갈라지는 혼돈의 세월이 없게 됨을 한민족은 깨달아야 합니다.

국가의 받침 정신적 지식인 13인의 참 상원의원을 뽑아 진리의 지혜를 모으면 삼천리금수강산 한민족은 세계 지구촌의 중심이 되어 인류에게 한 차원 더 높은 삶을 살아가게 될 것입니다.

나는 속초에서 설악산 울산 평풍바위의 기운을 받으며 영랑호 혹등고래 가족바위에 앉아 하늘의 신 ◈ 에게 통일을 기도합니다.

무명 시인 김몽득

신☼의 빛이
곧 성좌의 빛이다

신☼은 우주 세상을 창조하셨다.

돌멩이 하나, 물 한 방울, 바람 공기 한 줌에도 실물이 있으면 각자
영혼이 있다.
잡초 햅뜨게 꽃에도 아픔이 있고 사랑함을 알 듯
우주 세상 만물들은 육신이 있으면 영혼이 있고

우주 세상이 실물로 있음을 사람들은 알고 있기에
나는 나의 작은 영혼이 있는 것이고,
우주 세상의 영혼을 신☼이라고 사람들 중 성좌는 깨달았다.

생명체가 죽으면 세상은 없다.
그것을 0 무라고 사람들은 말한다.
신☼이 우주 세상을 창조할 때
천재 물리학자 아인슈타인은 상대성원리를 깨달은 학자이다.

그렇다.
악과 선이 있고, 밤과 낮이 있으며, 천국과 지옥이 있고, 불행과 행복
이 있고,

0 무가 있으면 유 새싹이 있음을 알아라.

죽음이 있어야 새로운 생명이 창출되는 우주 세상 만물의 원리인데 사람이 죽음을 두렵다 허망하다 하는 것은 깨닫지 못했기 때문이고, 중생에 죄를 많이 지었으므로 지옥에 갈 것이 두렵기 때문이다.

신☼의 유전자(DNA)를 가장 많이 받고 세상에 지구촌에 태어난 생명체가 인간이고 사람이라는 신비함을 깨달아라.

깨달음이란?
신☼의 뜻을 창출해내는 것이다.

0 무에서 0.1%로의 씨앗이 창출함을 말하는 것이고, 이 분야는 철학 예술 전문직 박사 논문 일반 음식 하나에도 그 뜻과 깊이를 깨닫는 것이다.

0.1%로라는 것은 진화론의 세상이 더욱 깨어감에서 자연에서 겨울의 혹한을 이기고 씨앗의 0에서 새싹의 움을 틔우고 봄, 여름, 가을에 꽃이 완벽하게 피고 또 겨울의 죽음에 들어가는 것이다.

육체가 있으므로 영혼이 있고 영혼이 있으므로 육체가 생기듯이 죽음이 있어야 새로운 생명이 탄생되고, 생명은 또 죽음, 죽음은 또 생명으로 잉태됨을 석가모니님께서는 윤회 혹은 인과응보라고 말했고, 예수님께서는 부활 혹은 자업자득이라 말했습니다.

2020년 4월 28일 화요일, 맑음.

불기 2564년 음력 4월 8일 부처님 오신 날 3일 전에 오늘은 아내와 낙산사에 큰딸 내외 사업 번창과 시험 합격을 빌며 연등 10만 원짜리를 달아준다며 바다 구경도 할 겸 찾아갔다.

연등을 접수하고 나오면서 줄에 매달린 리본에 각자 저마다 소원 성취의 글들을 빼곡히 적어서 끝도 없이 정신없이 매달려 바람에 나부끼는 것을 보며 아내에게 이런 질문을 던졌다.

이 리본의 사연들이 낙산사에만 해도 어마어마하게 많은데 전국 사찰의 소원 성취의 사연을 다 합하면 무지무지할 테고, 부처님의 고향 인도에서는 또 얼마나 많을 것이며, 태국 중국 등등 세계 각 나라에서 개개인의 사연 적은 리본들이 어마어마, 무지무지 많을 텐데

부처님이 저 수많은 사연들을 다 알고 들어주는 것이라면 부처님 머리는 아마도 천재인가 보다고 아내에게 말하고 어떻게 다 외우는지 참 신기하고 또 신기하다고 말했다가 아내에게 또 '쫑코'를 먹는다.

꼭 세 살 먹은 철딱서니 없는 미운털 아이마냥 그런 질문을 하는 바보가 어디 있는가. 부처님 머리가 천재고 신통술이고 따지는 철딱서니 없는 인간아, 하고 내 아내는 지식이 많은 평강 공주요, 나는 바보 온달 취급을 한다.

이 인간아!
부처님께 이 많은 것을 다 무시하더라도 내 것만 기억하고 알아봐달

라고 기도하는 사람들이 어디 있겠는가?

　돈 10만 원 등 값이 좀 아깝지만 요즘 연등은 재활용으로 만들어서 내년에도 쓰고 몇 년을 쓸 것이니 좀 깎아달라고 말도 못하고, 해마다 하는 것을 그냥 넘어가면 내 마음이 허전할 것 같고 아이들에게도 소원 성취 부처님 전에 빌었다고 하면 기분이 좋을 것 같아서 연등을 다는 것이라고 말한다.

　아내의 말씀이 부처님은 이 많은 사연을 모르고 있어도 내 마음의 위로를 위해 기도를 한단다.

　신✦은 우주 세상 구억 구만 억겁 12 지옥의 암흑 땅 속의 일어남도 알고 있음을 오늘날 우리 인간들이 눈에 보이지 않는다고 믿지 않으니 참 낭패요, 어떻게 과학적으로 내가 설명을 해야 알아들을지 "참말로 난감하네요. ~잉!"

　예수님과 석가모니 성좌님은 신✦은 내 마음속에 무슨 생각을 하고 있는 것까지도 다 알고 있다고 했습니다.

　그렇다.
　과학적으로 빛이 1초에 7억만㎞를 간다고 했다. 아직도 미국의 나사 센터에선 우주선 아폴로 호에서 보내오는 공기 속의 전파를 분석하고 있음을 보고 무선의 핸드폰에서 글자가 날아가는 과학이 이제 4차원 IT산업밖에 안 된다는 것을 알면,

　공기 속에 현재는 나의 글이, 나의 소리가 날아가지만 과학이 8차원,

9차원으로 발전하면 내 마음속에 생각도 세상에 날아갈 것임을 깨달아라.

나의 영감이 달을 보고 혹은 별빛을 보고 달아 별아 참 예쁘구나, 사랑한다고 마음속으로 빌면 달이나 별빛이 금방 반사의 빛이 더 반짝거리며 나에게 알았다, 자기를 사랑해줘서 고맙다고 인사를 보내오는 것을 과학적으로도 알 수 있을 겁니다.

내가 신☼에게 기도하면 나의 영감이 신☼에게 바로 전달이 되지만 신은 나의 영감보다 7천억만 겁보다 미리 내 마음속까지 알고 있음을 나는 깨달았노라.

신☼이 우주 세상 삼라만상 만물의 속 깊이까지 알고 있음을
예수님도 확실히 알고 있고,
석가모니님도 깨달아 있고,
나도 깨달아서 확실히 알고 있기 때문에,
죽음 또한 새로운 생명의 잉태임을 알기 때문에,
모든 것이 신☼이 주어진 내 운명임을 깨달았기에,
착한 진리의 길을 가는 것이다.

우찌 하오리까?

신☼은 우주 세상 삼라만상 만물의 속마음까지를 다 알고 있음을 나도 알고 있는데 내 아내는 모르고 있으니 '어떻게' 깨우쳐줄 수가 없는 이 현실을 아는 나는 내 아내의 기분을 상하지 않기 위해서 얼레블레 말을 돌려서 꽃피고 새들이 짝을 찾아 지지배배 우는 건지 노래하

는 건지 참 좋은 계절이라며 아내의 손을 잡고 흔들며 걸었다.

　신☀의 깊이를 모르는 것이 '우찌' 내 아내뿐이겠느냐.
　오늘날 지구촌 인류에 선도자라고 자처하는 예수님 교회 목사님이나 부처님의 절에 스님들이 진정으로 두 분 성좌님의 참 진리에 깊은 뜻을 만인에게 모범을 보이며 전도하고 있는 것인가요?

　선도자가 진리의 길을 가지 않으니 지구촌 60억 인구 사람들이 신☀을 기만하고 성좌님을 악용하여 돈과 권력과 탐욕에 부패해가고 있음에 신☀과 성좌님의 영혼들이

　신천지 같은 참 진리의 교회가 아닌 곳에 코로나19 같은 사람이 감당할 수 없는 악마의 전염병을 주었음을 인간은 사람들은 깨달아야 할 것입니다.

　깨달음이란?
　인간은 과학을 확실히 믿어야만 합니다.
　몇 번의 시험을 거치고 의학이면 의학의 전문의를 믿어야 합니다.
　이것이 인생의 현물 삶이라고 하는 것입니다.

　과학이 어디에서 오는가?
　0 속에서 창출된 씨앗을 실험 연구해서 꽃을 피운 것입니다.
　인간의 영혼은 실물의 과학보다 항시 1차원 앞서 있어야 되는데 ☀ 두 성좌님의 참 진리가 어느덧 2020년이 지나니까 성직자 선도자들이 오욕이 되어 참 진리들이 빛바래가고 지구촌 인간은 혼탁해져가고 있음이니 이 일을 '우찌할꼬.'

불교에서의 예언은 종말의 세상이 오면 미래의 부처 미륵불이 나타나서서 세상을 구한다고 했고, 예수교에서는 전염병과 홍수 가뭄으로 말종의 세상이 왔을 때 새로운 희망의 빛을 들고 나타난 사람이 새로운 구세주라고 예언하셨다.

국민 여러분! 아니 지구촌 사람 여러분!
만약에 불교의 미륵불이 이 세상에 나타난다면 예수교를 믿는 사람들은 누가 구제해주나요?
만약에 예수님이 부활하셔서 이 땅에 오신다면 예수교에서는 좋아하겠지만 불교를 믿는 사람들은 누가 구제해주남요?

진리는 오직 하나입니다.
신☼은 우주 세상을 창조하신 영혼이신 신☼은 하나뿐임을 인간은 사람은 깨달아야 합니다.

예수님은 우주 세상을 창조하신 분은 오직 하늘에 계신 하나님이라고 했고, 석가모니님은 우주 세상이 하나의 부처라고 했습니다.
예수님은 하나의 주 아버지라고 했고, 석가모니님은 자비로움의 하나의 부처라고 했습니다.

두 분의 성좌님 말씀이 진리이고, 우주 세상을 깨달으신 분임을 인정하고

3대 성좌의 탄생을 자칭하는 나는 우주 세상은 몸통이고, 우주 세상의 영혼은 곧 신☼이라 명칭하고 살아있음의 증명은 신☼의 빛으로 깨달았습니다.

3대 성좌의 지혜는 두 마리 토끼를 다 붙들 수 있음을 보여주는 것
은 진리는 오직 하나이기 때문입니다.

불교와 예수교가 따로 있을 수 없고, 악과 선고 따로 있음이 아니고,
밤과 낮이 따로 있음이 아님을 깨달으셔야 합니다.

야당과 여당이 권력을 움켜쥐려고 싸우는 것이 아니고, 네 편 내 편
이 있는 것도 아니고, 누가 어느 편이 좋은 정책과 자유민주주의에 철
학적인가를 판단하고 사람들은 자기 양심을 감추지 말고

오직 신◇ 앞에 양심을 말하면 신◇이 살아 있고, 언젠가는 인과응
보로 악은 죄를 받고, 선은 신비의 행복을 받는다는 것을 깨달으면 됩
니다.

신◇ 앞에 신◇이 살아 있음이 분명 명확하다는 마지막 신◇의 시
험은 자기 자신과의 싸움이라고 했습니다.

나는 2020년 3월 23일 월요일, 맑음. 속초의 밤하늘 세상을 보며 깨
달았습니다.

내가 잉태되면서부터 지금까지 '아니' 앞으로 영원히 이 모든 것은 나의
운명임을 깨달았습니다. 한 치 앞을 모르는 중생의 죽음도 이대로 무명
으로 죽어간다고 해도 그것은 곧 나의 운명이고, 각자의 운명은 우주 세
상의 창조하신 영혼이신 신◇으로 주어진다는 것을 깨달았습니다.

2020년 4월 30일 목요일, 맑음

오늘은 불기 2564년, 음력 4월 8일 부처님 오신 날.
아침에 일어나서 부처님 그림을 보며 예를 올렸습니다.

아마도 예수님 탄신일 성탄절에도 성좌이신 예수님의 고통을 생각하며 진정으로 예를 올리겠습니다.

나는 무명 시인으로서 삶을 쥐고 육체와 영혼을 깨달았습니다.

만약에 인간이 사람의 삶을 살아가면서 진리와 정의가 없다고 생각을 한번 해봅시다.
그것은 인간이 아니라 개돼지만도 못한 더럽고 추악한 괴물이 되겠지요.

그러니 인간 사람 여러분!
인류의 역사는 영원히 진실과 진리와 정의로움이 선으로 가는 길임을 깨달아야 할 것입니다.

신◇은 살아 있고, 각자는 우주 세상 만상과 만물의 도움으로 생명이 태어났고, 우리 사람의 생명도 죽음이 아닌 우주 세상에 있는 것입니다.

신◇은 우주 세상의 창조를 진화론 속에 자동 시스템으로 악은 죄의 벌을 주고 선은 신선함의 천국을 주는 것임을 꼭 깨달으십시오.

① 기적을 바라지 말라.

② 죽음이 없기를 바라지 말라.

③ 나에게 좋은 일이 있기를 바라지 말라.

① 우주 세상에

② 신☀의 빛에

③ 나 자신과 함께 영생할 것이다.

내 인생의 철학

삶이 그대를 속일지라도
노여워하거나 서러워 마라.

세상의 대자연을 보라.
외롭게 산등선 위에 홀로 핀 꽃 비바람 천둥 번개 맞으며
홀로 피었다가 지는 이름 모를 꽃들도

진흙땅에 수레바퀴가 지나간 곳에 간신히 빠져나온
자주색 꽃이 흙탕물에 범벅되어
그래도 세상을 보고 가겠다고 나온 패랭이꽃도 보지 않았느냐.

대자연의 신비함 속에 무수한 한과 억울함의 생명체들이
흔적 없이 사라지는 저 영혼들을
신☼은 이 세상 모든 것을 알고 있음을
무명 시인아, 너는 알고 있지 않느냐?

내일 세계의 종말이 온다 해도
나는 오늘 사과나무 한 그루를 심겠다.

어느 철학자의 이 한 소절이 나에게 참 소중한 내 인생의 철학이 될

줄이야.

무명 시인 장용득
3대 성좌의 탄생 축하 메시지

제1조 1항
삼천리금수강산 영롱한 아침 이슬의 나라 독도에서 해가 떠오르는
내가 태어난 곳 내 고향 한민족의 통일입니다.

속초 영랑호 혹등고래 가족바위에 앉아 하늘을 보며
신*에게 간곡히 기도를 드립니다.
내 죽음을 걸고라도 통일을 내려주세요.

무명 시인 장용득

2020년 5월 1일 이 글을 마치며